Weihnachtsstress geschenkt

24 humorvolle Geschichten
Der Adventskalender

Weihnachtsstress geschenkt

24 humorvolle Geschichten
Der Adventskalender

benno

Bibliografische Information der Deutschen Nationalbibliothek
Die Deutsche Nationalbibliothek verzeichnet diese Publikation in der Deutschen Nationalbibliografie; detaillierte bibliografische Daten sind im Internet unter http://dnb.d-nb.de abrufbar.

Besuchen Sie uns im Internet:
www.st-benno.de

Gern informieren wir Sie unverbindlich und aktuell
auch in unserem Newsletter zum Verlagsprogramm,
zu Neuerscheinungen und Aktionen.
Einfach anmelden unter www.vivat.de.

ISBN 978-3-7462-6625-1

Zusammenstellung: Volker Bauch, Gößnitz
Umschlaggestaltung: Grit Fiedler, Visulabor GbR, Berlin/Leipzig
Covermotiv: © Shevchuk Olena/shutterstock.com
Innenmotive: © stock.adobe.com/YummyBuum
Gesamtherstellung: Ufer Verlagsherstellung, Leipzig (B)

Inhalt

1 Adventssonntag

Fanny Lewald

Für die Zeiteinteilung der Erwachsenen, welche ihre Tage zu Wochen, Monaten und Jahren ansammeln, und nach diesen, wie der Kalender es lehrt, vor- und rückwärts zählen, hat das Kind lange Jahre hindurch weder die Fähigkeit noch den Sinn. Es rechnet nach den Jahreszeiten und nach seinen Festen, und wer ihm diese Letzteren zu vermehren weiß, kommt seinem Gedächtnis ungemein zu Hilfe, während man dem Kinde dadurch zugleich den dunkeln Horizont seiner Erinnerungen und seiner Zukunft mit lichten Sternen erhellt. An Festen aber waren wir sehr reich. Neben den Geburtstagen und dem Hochzeitstag der Eltern, an denen immer Gesellschaft im Hause war, und für die wir von früh auf etwas lernen und tun mussten, hatten wir unsere eigenen Geburtstage zu feiern, und außer den allgemeinen Feiertagen noch den ersten Schnee und den ersten Adventssonntag, als Merksteine für unsere Kindheit.

Der erste Schnee fällt aber in Preußen oft schon in der ersten Hälfte des Oktobers, und wir konnten an nebligen und regnigen Tagen manchmal gar nicht von den Fenstern fortkommen, weil wir immer hofften, heute werde und müsse der erste Schnee fallen und dann werde am Abende, wenn der Vater heraufkäme, die „große Schachtel" gezeigt werden, die wir eben nur einmal im Jahre, nur beim ersten Schneefall zu sehen bekamen.

Ich glaube, kein ägyptischer Priester hat jemals sorgfältiger auf das Steigen des Nils geachtet als wir Kinder auf den Fall des ersten Schnees. War das Jahr mild oder trocken, ließ der Schnee auf sich warten, so reichte das leiseste Flöckchen in der Luft dazu hin, uns alle mit dem Ausruf: Es schneit! in die Wohnstube zu treiben. Aber das half uns gar nichts, und mit der Weisung, dass solch ein Gekrümel in der Luft nicht zähle und dass es ordentlich schneien müsse, ehe die Schachtel erscheinen könne, wurden wir zu neuem Warten, zu neuem Hoffen und dadurch zu erhöhter Freude gesteigert, wenn dann wirklich die weißen dicken Flocken in reicher Fülle von dem dunklen Himmel niederfielen, wenn die schwarzen durchregneten Straßen, wenn die Dächer und die Wolme und die Bleche vor den Fenstern sich dick mit Schnee bedeckten, aus

dessen weißem Glanze uns die Aussicht auf die ersehnten Herrlichkeiten entgegenblinkte.
Ist's bald sieben Uhr?, fragten die Kinder dann den ganzen Nachmittag, während zum ersten Male in dem Jahre die Äpfel zum Braten in die Röhre gelegt wurden, und ihr Schmoren und ihr Duft die beginnende Feier verkündeten. Die Zeit wurde uns immer erschrecklich lang, aber nicht eine Minute davon wurde uns erlassen, und erst um sieben Uhr gingen wir hinunter, wo die Eltern dann schon die „Schachtel" herausgenommen und auf den Tisch vor dem Sofa hingestellt hatten.
Und was war, was enthielt diese Schachtel, auf die wir uns durch ein ganzes Jahr hindurch freuten, die wiederzusehen mir Vergnügen machte, als ich schon zwölf, dreizehn Jahre alt und sehr verständig war, und aus welcher irgendein Stück vor Augen zu bekommen mir heute das Herz mit großer Rührung füllen würde?
Die Schachtel war nichts als eine kleine Seitenschieblade aus dem Sekretär meines Vaters, und sie enthielt nichts als einige Angedenken, welche er darin aufbewahrte. Es lag darin ein rotes Maroquinbuch, in dem unsere Geburtstage, unsere Krankheiten, der Anfang unseres Schulbesuchs – mit einem Worte die Hauschronik verzeichnet war. Es lagen darin in goldenen Kapseln

die Bilder meiner Eltern als Brautleute gemalt, ein Hochzeitscarmen meiner Eltern, ein grünseidener, mit einer Inschrift versehener Vorhang, der unser Bild verhüllt hatte, als die Mutter es dem Vater zum Geburtstag geschenkt. Es lagen darin einer jener silbernen Becher, die zum Andenken der Schlacht von Kunersdorf aus Rubeln gefertigt worden waren; es lagen darin Gedichte, welche August Lewald bei meinem ersten Geburtstage an die Eltern gerichtet, desgleichen Brieftaschen, Börsen, Uhrbänder, welche Schwestern und Bekannte meinem Vater gehäkelt und gestickt und die er nie getragen hatte, – kurz es lagen Kleinigkeiten darin, wie jede nur einigermaßen bemittelte Familie deren ähnliche besitzt, es lag ein Schatz darin, den jede Familie sich für ihre Kinder ansammeln kann, wenn sie den Sinn hat, ihren Kindern auf die leichteste Weise unvergessliche Freuden zu bereiten.

Unsere ganze kleine Vergangenheit wurde uns von den Eltern vor dieser Schieblade unwillkürlich rekapituliert. Wir hörten es mit Entzücken, an welchem Tage und in welcher Stunde wir geboren worden waren. Wir amüsierten uns damit, wie schlecht wir noch im vorigen Jahre die Gratulationsgedichte zu der Eltern Geburtstagen geschrieben, wir lernten die Jugendfreunde und

Bekannten der Eltern an den kleinen Angedenken kennen, und was mehr als dies alles war: Wenn wir die ersten Bratäpfel verzehrten, hatten wir das Bewusstsein, ein großes Fest gefeiert zu haben, und fingen in aller Stille an, uns schon wieder auf den ersten Schnee des nächsten Jahres zu getrösten.

Unsere Freude an dem ersten Adventssonntage hatte einen noch viel geringeren Anlass. Sie beruhte auf einem kleinen Spielzeug, welches aus zwei auf grobe Holzsplitter gesteckten vergoldeten Äpfeln bestand, die mit ein paar Sträußchen von Buxbaum und einem oder zwei aus grobem Ton geformten Vögelchen verziert waren, welche aber nur die Fantasie von Kindern für Vögel zu halten im Stande war. Die ganze Pyramide kostete vielleicht sechs Pfennige, aber – und darauf beruht ein großer Teil der Freude in dem Kinde – wir liebten sie, weil sie nur in der Adventswoche zu kaufen war, weil wir sie alle Jahre zum ersten Advent geschenkt bekommen hatten, weil wir sicher waren, dass man sie uns immer wieder schenken würde, und weil sie uns auf solche Weise überhaupt zu einem Sinnbild der herannahenden Weihnachtszeit geworden war. Sie war uns eine wundervolle Verkündigung, und der Engel, welcher mit seinem Lilienstängel vor der Jungfrau erschien, um ihr die Geburt des

Erlösers zu verkünden, konnte sie nicht glücklicher machen als uns der Anblick unserer Eltern, wenn sie abends, vom Ausgehen heimkehrend, uns die ersten Pfeffernüsse und die Äpfelbäumchen in das Zimmer brachten. Es umfloss sie ein wahrer Goldglanz von Hoffnungen, alles, was wir erwünschten und erwarteten, trat in unsern Gesichtskreis, und nun, von diesem ersten Adventssonntage ab, fingen wir zu zählen an, bis endlich mit dem Weihnachtsabende die helle Glückessonne für uns aufging, deren Strahlen uns durch das ganze Jahr nicht zu leuchten aufhören sollten.

Die Kinder haben einen ganz ausgesprochenen Hang für das Bestehende, für das ihnen Bekannte, und wer von ihnen sagt, dass sie am Wechsel Freude finden, hat ihr Wesen nicht tief beobachtet, nicht recht erfasst. Denn wie jedes Alter die Neigung für das ihm Angemessene in sich trägt, so hat das Kind, welches nur durch häufige Wiederholung derselben Gegenstände etwas lernen kann, auch Freude an der Wiederholung; und unverdorbene Kinder ziehen deshalb das Spiel, welches sie oft gespielt haben, dem neuen Spiele in der Regel vor. „Ach! das haben wir noch nie gespielt!“, kann man von Kindern überall als Ablehnung eines neuen Vorschlags sagen hören.

Auch wir hatten eine große Beharrlichkeit in unseren winterlichen Spielen, bei denen mein Vater ein für alle Mal die Hauptrolle übernahm. Er hatte, wie er mit mir die Märchenlust teilen konnte, überhaupt trotz seines Ernstes die Gabe, ein Kind mit seinen Kindern zu sein. Müde, arbeitsbeladen, oft auch sorgenvoll, vermochte er es, solange unsere Spiele währten, so völlig in uns aufzugehen, dass wir nie zu der Empfindung kommen konnten, er lasse sich zu uns herab, er spiele nur mit uns. Wem diese Gabe einmal fehlt, der ersetzt sie durch keinen guten Willen, die Kinder haben zu feine Fühlfäden dafür.

2

Lob der Influenza

Werner Schneyder

„Adventkalender“ sehen bei Menschen in unsteten Berufen besonders psychopathisch aus. Was muss nicht alles – spätestens bis zum 23. – noch verabredet, erledigt, geliefert werden, da ja – wie wir wissen – „zwischen den Feiertagen“ nichts und niemand „zu erreichen“ ist und festzustehen scheint: nach den „Heiligen Drei Königen“ ist es für alles zu spät.

So also hatte sich der bekannte Freiberufler S. seinen Christfest-Countdown besonders raffiniert eingeteilt. Schreiben. Proben. Abgabe. Premiere. Frühflug. Proben. Aufzeichnung. Rückflug und haarscharfes Landen im Weihnachtsfrieden.

Da kroch mitten in die Abwicklung computergenialer Terminverzahnung plötzlich etwas im Körper hoch, trübte den Blick, dröhnte im Hirn, quälte die Glieder, hitzte den Schädel. Kurze Zeit darauf hatte die „Influenza A“, eine Grippe de

Juxe, den Körper in ungeahnter Weise niedergedroschen, aktionsunfähig gemacht. Die Kalendereintragungen konnten nur mehr dazu taugen, resigniert betrachtet zu werden.
Hilflos, zwischen Schweißausbrüchen, Tiefschlaf und Schüttelfrost, kam dem Mann dann in den trüben Sinn, sein (Berufs-)Leben würde auch trotz der Terminausfälle weitergehen, und als ihm im Spiegel des Bades seine blasse, verschwollene Visage entgegenfieberte, dachte er, wenn die Influenza die Termine ohne Schaden schmeißen könne, dann hätte er das eigentlich selbst auch können. Ohne Influenza. – Und – so dachte er weiter – dieses höhere Wesen, das mit dem Weihnachtsfest und dem damit verbundenen Frieden in Verbindung gebracht wird, hat eben nicht nur die Krippe, sondern auch die Influenza erfunden und offensichtlich gewusst, warum. So begann er den rasselnden Bronchien und der rinnenden Nase partnerschaftlicher gegenüberzustehen und zu Kumpel „Virus“ zu sagen: „Hab’ schon verstanden, Alter!“ Und so hoffen wir mit ihm, den Fischhändlern und den Königen aus dem Morgenland, der mit der Influenza geschlossene Frieden möge in den des Weihnachtsfestes geruhsam übergehen.

3.

Stromausfall

Luise Holthausen

Für Dominik und Alina gehören zur Adventszeit Kerzen, selbst gebackene Plätzchen und Strohsterne an den Fenstern. Und ihre Eisenbahn.
Dominiks und Alinas Eisenbahnanlage ist nämlich so riesig, dass sie das ganze Kinderzimmer füllt. Deshalb darf die Eisenbahn nur in der Adventszeit aufgebaut werden. Papa hilft ihnen immer, sie aus dem Keller zu holen, und dann bauen und spielen sie alle drei zusammen. Das ist vielleicht überhaupt das Schönste an der Eisenbahn und der Adventszeit.
Nach Neujahr räumen sie zu dritt die Eisenbahn wieder in den Keller. Aber bis dahin ist es noch lange hin.
Am 1. Advent wachen Dominik und Alina ganz früh auf und stürmen ins Schlafzimmer der Eltern.
„Aufstehen, Papa!“, rufen sie. „Eisenbahn bauen!“
Mama stöhnt und zieht sich die Decke über den Kopf.

Papa aber fährt hoch und wirft die Decke von sich. Bestimmt kann er es auch kaum erwarten.
„So spät schon!“, ruft er. „Ich muss sofort an meinen Computer.“
Dominik und Alina schauen sich an. Papa schreibt Artikel für Zeitungen und sitzt deshalb oft zu Hause am Computer. Wenn er viel Arbeit hat, dann sitzt er sogar abends oder sonntags am Computer.
Aber heute?
„Heute ist der 1. Advent“, sagt Dominik.
„Da bauen wir die Eisenbahn auf“, fügt Alina hinzu. Obwohl Papa das ja eigentlich wissen müsste.
„Morgen bauen wir sie auf“, verspricht Papa. Er ist schon auf dem Weg ins Bad. „Ich muss heute unbedingt noch einen Artikel fertig schreiben.“
Als Dominik und Alina am nächsten Tag von der Schule kommen, sitzt Papa wieder am Computer.
„Ich habe heute keine Zeit“, sagt er. „Aber ihr könnt schon mal die Eisenbahn aus dem Keller holen.“
Dominik und Alina gehen in den Keller und schleppen gemeinsam die Kisten mit den Loks nach oben. Und die Kisten mit den Waggons und die mit den Gleisen und den Weichen und den Signalen und den Prellböcken. Es sind ziemlich viele Kisten.

„Morgen baue ich mit euch die Eisenbahn auf", verspricht Papa.
Aber als Dominik und Alina am nächsten Tag von der Schule kommen, sitzt Papa am Computer.
„Ich habe keine Zeit", sagt er. „Aber ihr könnt schon mal ohne mich anfangen." Dominik und Alina packen die Kisten aus und verteilen die Gleise und Weichen im Zimmer. Sie bauen sogar einen richtigen Kreis. Alles ist wie letztes Jahr und trotzdem macht es nicht so viel Spaß.
„Papa, wann spielst du mit uns?", fragt Dominik.
„Morgen", verspricht Papa.
Aber als Dominik und Alina am nächsten Tag von der Schule kommen, sitzt Papa am Computer und merkt nicht einmal, dass sie da sind.
Dominik rennt wütend ins Kinderzimmer und zerrt die Gleise wieder auseinander.
„Halt, was machst du denn da?", ruft Alina.
„So ist das überhaupt nicht richtig Advent!" Dominik ist ganz rot im Gesicht. Jetzt kickt er sogar eine Weiche über den Fußboden. „Ohne Papa macht das alles überhaupt keinen Spaß."
„Wir müssen irgendwas machen, damit er nicht mehr am Computer arbeiten kann", meint Alina und schaut auf das Gleischaos, das Dominik angerichtet hat. Ihre Augen beginnen zu funkeln. „Ich hab eine Idee!" Sie läuft zum Sicherungskasten und schaltet alle Sicherungen aus.

Gleich darauf rennt Papa laut schimpfend aus dem Arbeitszimmer. „Mein Computer ist abgestürzt! Ich kann nicht mehr arbeiten!“ Er drückt auf den Lichtschalter der Wohnzimmerlampe. „Und das Licht geht auch nicht mehr an.“
Er will zum Sicherungskasten gehen, aber Alina hält ihn zurück.
„Der Mann von den Stadtwerken hat gesagt, er muss für ein paar Stunden den Strom abstellen“, erklärt sie.
„Ja“, sagt Dominik eifrig, „wegen dringender Arbeiten am ... am ...“
„Und wie soll ich meinen Artikel fertigkriegen?“, fragt Papa und rauft sich die Haare.
„Das dauert bestimmt nicht lange mit dem Strom“, tröstet ihn Alina.
„Und bis dahin“, schlägt Dominik vor, „vertreibst du dir ein bisschen die Zeit. Mit Eisenbahn bauen.“
„Hm“, macht Papa. Er schaut auf die Gleise, die kreuz und quer im Zimmer herumliegen, und schüttelt den Kopf. „So wird das nie ein Kreis.“
„Wir schaffen das eben nicht alleine“, sagt Alina und zwinkert Dominik zu.
„Das ist doch ganz einfach.“ Papa schiebt die Gleise herum, steckt sie neu zusammen und auf einmal stimmt der Kreis wieder.

„Toll, Papa!“, jubelt Dominik. „Jetzt musst du uns noch bei den Abstellgleisen helfen.“
Während Papa und Dominik die Abstellgleise bauen, geht Alina leise zum Sicherungskasten und stellt die Sicherungen wieder ein.
Papa merkt nichts davon. Ihn hat das Eisenbahnfieber gepackt. Zusammen mit Dominik und Alina baut er auch noch eine Brücke. Und einen Tunnel.
Sie sind so vertieft, dass sie gar nicht merken, wie es langsam dunkel wird. Erst als Mama von ihren Weihnachtseinkäufen nach Hause kommt, schauen sie von der Eisenbahn auf.
„Warum sitzt ihr denn im Dunkeln?“, will Mama wissen.
„Weil wir kein Licht haben“, antwortet Papa.
„Und warum nicht?“ Mama drückt auf den Lichtschalter und es wird hell.
Papa blinzelt. „Der Strom ist wieder da.“
„Jetzt kannst du ja wieder am Computer arbeiten“, meint Dominik zögernd.
Papa schaut über die Eisenbahnanlage. Schön sieht sie aus.
„Ach was“, sagt er. „Das hat auch noch Zeit bis morgen. Jetzt müssen wir erst mal die Eisenbahn fahren lassen.“

4 Draußen schneit's

Joachim Ringelnatz

Wir hatten ein Schaukelpferd vorher gekauft.
Aber nachher kam gar kein Kind.
Darum hatten wir damals das Pferd dann Bubi
getauft. –

Weil nun die Holzpreise so unerschwinglich sind;
und ich nun doch schon seit Donnerstag
nicht mehr angestellt bin, weil ich nicht mehr mag;
haben wir's eingeteilt. Und zwar:
Die Schaukel selbst für November,
Kopf und Beine Dezember,
Rumpf mit Sattel für Januar.

Ich gehe nie wieder in die Fabrik.
Ich habe das Regelmäßige dick.
Da geht das Künstlerische darüber abhanden.
Wenn die auch jede Woche bezahlen,
aber nur immer Girlanden und wieder Girlanden
auf Spucknäpfe malen,
die sich die Leute doch nie begucken,

im Gegenteil noch darauf spucken, – –
das bringt ja ein Pferd auf den Hund.

Als freier Künstler kann ich bis mittags liegen
bleiben. – Na und die Frau ist gesund.

Es wird sich schon was finden,
um Geld beizukriegen.
Anna und ich haben vorläufig nun
erst mal genug mit dem Bubi zu tun.

Rumpf zersägen, Beine rausdrehn,
Nägel rausreißen, Fell abschälen.
Darüber können Wochen vergehn.
Das will auch gelernt und verstanden sein,
sonst kann man sich daran zu Tode quälen.
Solches Holz ist härter als Stein.
Dann spalten und Späne zum Anzünden
schneiden
und tausenderlei.
Aber das tut uns gut, uns beiden,
sich mal so körperlich auszuschwitzen.

Außerdem kann man ja dabei
ganz bequem auf dem Sofa sitzen;
raucht seine Pfeife, trinkt seinen Tee,
und vor allem: Man ist eben frei!
Man hat sein eigenes Atelier.

Man hat seinen eigenen Herd;
da wird ein Feuerchen angemacht –
mit Bubipferd –,
dass die Esse kracht.
Und die Anna singt, und die Anna lacht.
Da können wir nach Belieben
die Arbeit auf später verschieben.

Denn wenn man das Gas uns sperren lässt
oder kein Bier ohne Bargeld mehr gibt,
dann kriechen wir gleich nach Mittag ins Nest
und schlafen, solange es uns beliebt.

Freilich: Der feste Lohn fällt nun fort,
aber die Freiheit ist auch was wert.
Und das mit dem Schaukelpferd
ist jetzt unser Wintersport.

5 Winterstreiche

Karl Valentin

„'s Weiberzammbinden“ in der Christmette ist ein uralter Auer Brauch und soll schon aus dem 16. Jahrhundert stammen – erzählen heute noch die alten Auer –, ein Gaudi wie das Geldbeutelwaschen am Aschermittwoch im Fischbrunnen am Marienplatz. Natürlich war das für uns Auer Buben ein Gfrett. Der Mutter wurde zu Hause ein Stück – ungefähr zehn Meter vom Waschstrick abgeschnitten, im Hosenbein versteckt, und um elf Uhr nachts trafen wir uns in der Christnacht bei irgendeinem Kameraden. Um zwölf Uhr gingen wir, wie die anderen Leute in die Mette, aber wir Buben drückten uns immer hinten herum bis zum Schluss. Dann nahm ich den Strick und drängte mich in einen Haufen alter Weiber. Das andere Ende des Strickes hielt ein anderer von uns fest in der Hand und blieb standhaft auf seinem Platz stehen, bis ich wieder zu ihm kam; dann hatte ich mindestens schon zwanzig Weiberleut in meiner Schlinge.

Am Schluss der Mette knüpften wir die zwei Enden zusammen und warteten nun, bis der Gottesdienst aus war und die Leute aus der Kirche gingen. Da hub auf einmal ein leises Schimpfen an – die Frauen konnten nicht mehr auseinander, und das ganze Pack wurde von der hinausströmenden Menge mitgezerrt bis auf die Treppe, worauf dann edel denkende Herren und Damen den Strick aufknüpften und die Gefesselten befreiten. Nun ging erst das richtige Schimpfen los: „De Saubazi ham uns zsammghängt, dene ghöreten fünfundzwanzig auf den Nacketen!", und die gschertesten Auer Kraftausdrücke verhallten in der kalten Weihnachtszeit. – „Kyrie eleison!" –

Das Schönste im Winter war immer das Schlittenfahren am Isarberg. Von vier Uhr nachmittags an – also nach Schulschluss – bis zum Eintritt der Dunkelheit wurde gerodelt, die besseren Buben hatten Schlitten, die ärmeren nahmen gleich den Schulranzen. Der Berg war ziemlich lang und steil, und es gab natürlich fortwährend Karambolagen und nicht selten Verunglückte. Mit Kleinem fängt man an, und mit Großem hört man auf: Ich holte mit noch einem ganzen Haufen Buben aus unserem Lagerplatz einen riesigen Pferdeschlitten. Mit großer Mühe und letzter

Kraftanstrengung wurde der schwere Koloss auf den Berg gezogen. Im Nu war er von zwanzig oder dreißig Buben besetzt, aber die Abfahrt ging nicht so leicht. Wer sollte uns über die Bergkante schieben? Wir konnten es doch nicht selbst, denn wir saßen ja alle auf dem Schlitten. Die Situation wurde sofort von den vorübergehenden Erwachsenen erfasst, und einige starke Männer schoben den voll besetzten Schlitten über die Bergkrempe hinaus – aber schief! Der Schlitten überschlug sich ein paarmal! Und dann war wieder einmal ein Wunder geschehen, dass es keinem von uns dapatzt hatte. Dieses Experiment wurde sofort wiederholt. Diesmal ging es richtig den Berg hinunter, aber leider zu weit: Der Schlitten machte, unten angekommen, an einem kleinen Hügel einen Sprung, als ob er von einer Skischanze spränge, und wir saßen bis über die Knie im Eiswasser. Wenn auch einer von uns am anderen Tag krank wurde, so bedeutete das kein Unglück, denn dann brauchte er nicht in die gräusliche Schule zu gehen, das war ja noch schöner als das Schlittenfahren, wenigstens für mich. Ich hätte jedes Schulhaus niederbrennen können! Übrigens möchte ich hier erwähnen, dass einmal, es wird ungefähr 1892 gewesen sein, die Wagner-Weinberger-Buben von ihren Verwandten aus Norwegen drei paar

Ski geschenkt bekommen hatten und sie am Isarberg ausprobierten. Wir alle haben diese „Latten“ angezogen und sind damit hinuntergerutscht. Aber nur einige Tage lang, denn wir waren nicht im Geringsten begeistert von dieser Neuheit. Wir lehnten alle dieses fremde Zeug ab und kehrten zu unseren Rodelschlitten zurück. Ich kann mich also rühmen, außer den Weinberger-Buben einer der ersten Skifahrer in München gewesen zu sein. Bitte nachmachen!

Zum Wintersport gehörte auch das Fahren auf schwimmenden Eisschollen. Mit einer Stange ausgerüstet stießen wir uns selbst vom Ufer los in die Isar und schwammen hinunter zur Isarlust. Hier ging es wegen der Schleusen nicht mehr weiter, und wir mussten dann wieder zur Fraunhoferbrücke hinauf, uns neue Platten loslösen, und wieder ging die Fahrt stromabwärts. Zerbrach einmal eine Scholle während der Fahrt, so standen wir bis über die Knie im Wasser, und es gab ein Mordshallo, wenn wir dann auf das Eis eines anderen Buben hinaufstiegen, das selbstverständlich hernach wegen der doppelten Last nicht mehr schwamm, sondern mit allen beiden Fahrgästen absackte. Mit gefrorenen Hosen kamen wir abends nach Hause: „Mutter, i kon nix dafür, der Tone hat mi heut ins Gwasch

einigstessen!“ Aber die Mutter glaubte mir gar nichts mehr, und auch das war mir Wurst.
Einmal sind die Leute am Ufer des zugefrorenen Kleinhesseloher Sees zusammengelaufen und haben gelacht. Was gibt’s denn da? Ein Bub steht händeringend auf dem Eis, hilflos allein, die Schlittschuhe rutschen ihm immer wieder unter den Füßen weg, er purzelt wie ein Besoffener, und jeder der Zuschauer denkt sich im Stillen: „Der Bua gstellt sich schon ganz saudumm zum Schlittschuhfahren.“ Dieses Theater dauerte so einige Minuten. Plötzlich änderten sich die Gesichter der Zuschauer. Aus dem Lachen wurde ein Staunen. Denn der Bub machte plötzlich kunstvolle Schleifen, drehte sich in eine Acht, und mit einem Ansprung auf den Spitzen der Schlittschuhe sauste er im Renntempo über den See und entschwand den Blicken des enttäuschten Publikums, das mitten im Winter einem Aprilscherz zum Opfer gefallen war. Die Adresse des Aprilscherzfabrikanten hieß: Valentin Fey, Entenbachstraße 63/I.

Der zünftigste Spott aber war das sogenannte „Schwankeisfahren“. Diese Gaudi hängt natürlich vom Wetter ab und ist daher nur ganz selten möglich. Wenn nach starker Kälte plötzlich der Föhn kommt, so wird die Eisdecke in zwei bis drei Tagen sehr dünn, und da gibt es dann manchmal – aber nur an ganz tiefen Stellen eines Sees – ein Schwankeis. Dazu müssen die Schlittschuhfahrer stundenlang, immer im Gänsemarsch aneinanderhängend, die gleiche Stelle passieren, bis das Eis bröckelt, sozusagen weich wird und „schwimmt". An der „Tiefen Gumpe" unterhalb des Muffatwehrs entstehen oft interessante Schwankeise, und an Sonntagen war der Muffatwehrsteg voll von Zuschauern, wenn wir Buben über die Eiswellen huschten. Wird die Eisdecke wässerig, so ist das ein Zeichen der Gefahr, und es dürfen über das Schwankeis nur mehr einzelne Personen fahren, denn dann bekommt das Eis schon kleine Löcher, und für einen normalen Fahrer ist es aus. Aber für uns begann jetzt erst das richtige Vergnügen. „Wer traut sich noch umifahrn?", hieß es. „Vale, lass di koan Drenza (Muttersöhnchen) hoaßn, pack's no moi, schnell gewagt, is halb gewonnen!" – Und ich sauste über die ungefähr fünfzig Meter langen gefährlichen Stellen, hinter meinen Füßen krachte und knirschte es unheimlich, meine Kameraden hinter mir drein. Gut angekommen, Applaus auf der Brücke und am anderen Ufer. Nach einigem Besinnen meint der Ade: „Geht's wega, i pack's no moi!" – startet, ich hinter ihm drein – ein Schrei der Buben und der Zuschauer auf der Brücke: Das Schwankeis ist geplatzt! Und Ade unter der Eisdecke! Ich breche auch ein, kann mich aber noch halten. Bretter werden mir gereicht, ich bin gerettet. Mein Kamerad Ade wurde am andern Tag als Leiche geborgen. Er liegt im Ostfriedhof begraben. Er hatte sich den Tod geholt und ich mir ein schweres Asthma, welches mir geblieben ist.

6. Dezember

Inken Weiand

Heute Morgen stehen die ganzen Schuhe gefüllt in einer Reihe – aber nicht vor der Haustür, sondern auf der Sitzbank im Flur.
„Der Nikolaus hat gedacht, Schuhe müssen auch mal sitzen“, kichert Desiree.
„Der Nikolaus wollte nicht, dass Bernhard die Schokolade aufisst“, bemerkt Onkel Theo.
Da nicken die Kinder verständnisvoll, Schokolade ist nicht gesund für Hunde, das wissen sie. Und Bernhard ist zwar manchmal ungezogen und isst Keksreste oder Ähnliches, wenn Ben etwas auf den Boden hat fallen lassen – aber vom Tisch oder der Bank nimmt er nichts. Und so freuen sich die Kinder an der Schokolade, den Plätzchen und den Nüssen.
Dann aber gibt es erst einmal Frühstück. Tante Wilhelma hat einen Honigkuchen gebacken, der schmeckt ganz wunderbar. Onkel Theo erzählt, dass er früher am Nikolaustag einen Honigkuchen bekommen hat. „Mein Opa hat sich als Ni-

kolaus verkleidet“, berichtet er. „Ich hatte so große Angst, als er mit ganz tiefer Stimme fragte, ob ich auch brav gewesen war. Ich habe mich hinter dem Stuhl versteckt. Da sprach der Nikolaus plötzlich mit Opas normaler Stimme weiter und schenkte mir den Honigkuchen.“
Die Kinder lachen. Sie können sich Onkel Theo gar nicht als kleinen Jungen vorstellen!
Lange sitzt die Familie zusammen, isst und erzählt, bis man schließlich zur Kirche aufbricht. Und was geschieht dort? Im Kindergottesdienst liest Frau Hauser aus einem Buch über den Nikolaus vor. Dann überlegen alle zusammen, wie man anderen Menschen eine Freude machen kann. Jeder erzählt, wo ihm dies in der letzten Woche gelungen ist – und wo nicht. „Ich habe mit meinem kleinen Bruder gespielt“, berichtet Madeleine.
„Ich habe meine Geschwister ans Schuheputzen erinnert“, stellt Desiree zufrieden fest.
Da müssen die Großen lachen.
Und beim Kirchenkaffee gibt es für die Kinder Schokoladennikoläuse.
„Mir gefällt Nikolaus“, stellt Clemens zufrieden fest.
„Na ja, irgendwann wird es ein bisschen viel“, meint Pia und schenkt Clemens ihren Schokonikolaus.

„Was tust du da?“, fragt Mama misstrauisch. „Ich wende das an, was ich im Kindergottesdienst gelernt habe“, erklärt Pia grinsend. „Ich mache jemandem eine Freude.“
Während alle noch dasitzen und lachen, klopft es plötzlich an die Tür. „Wer ist denn das?“ Selbst die Erwachsenen sehen einander verwundert an.
Langsam öffnet sich die Tür und davor steht – der Nikolaus. Nun ja, vielleicht ist es auch eher ein Weihnachtsmann. Jedenfalls hat er eine Pudelmütze auf und einen dichten, weißen Rauschebart, der sein Gesicht fast ganz verdeckt. Bekleidet ist er mit einem roten Plüschmantel, unter dem ein Paar weiße Turnschuhe und die unteren Enden einer Jeanshose hervorsehen.
Das Interessanteste aber an ihm ist eine große Rute, die er trägt, und ein kleiner Kartoffelsack, den er ebenfalls mit sich führt.
Nun beginnt er zu sprechen und seine Stimme klingt erstaunlich voll für einen so alten Mann:

„Halli, hallo, ich bin der Nikolaus
und gehe heut von Haus zu Haus.
Und hier wie dort, da tu ich fragen,
wie die Kinder sich haben betragen.
Waren sie faul und frech dazu,
dann lass ich sie mit Geschenken in Ruh.

Wenn die aber freundlich sind,
bekommt ein Geschenk das liebe Kind."

Clemens findet die Reime ziemlich peinlich, die Kleinen aber und interessanterweise auch die Erwachsenen scheinen den Auftritt sehr lustig zu finden.
„Also, ich war schon einmal brav", erklärt Desiree laut und vernehmlich.
Alle lachen.
„Was bekomme ich für ein Geschenk?", erkundigt sich Desiree.

„Mal sehen, was ich habe für dich,
komm, greif in den Sack und vergewissre dich!",

reimt der Nikolaus weiter.
„Na, dann mal los", sagt Desiree, greift in den Sack, wühlt mit angespannter Miene eine Weile darin herum und zieht schließlich ein kleines Geschenk daraus hervor.
„Ich habe lieber etwas Hartes genommen", erklärt sie dem Nikolaus, „in den weichen Paketen sind meistens Socken oder Waschlappen."
Desiree jedenfalls packt einen kleinen Plastikhund aus und ist sehr zufrieden mit ihrem Geschenk.
Nun kommt Bewegung in die anderen Kinder.

„Ich will auch etwas!“, ruft Madeleine.
„Ich auch!“
„Ich auch!“

„Wart ihr auch nett, ihr Kinderlein?
Dann greift gleich in den Sack hinein!“,

fordert der Nikolaus die Kinder auf.
Und eins nach dem anderen zieht ein Geschenk aus dem Sack hervor.
Clemens hat eine Weile gezögert. Die ganze Aktion kommt ihm ziemlich albern vor. Aber Pia zieht einen schönen Pferdebleistift, und viele andere Kinder ziehen ebenfalls Stifte, Radiergummis und Plastiktiere. Da hätte Clemens schon auch gerne etwas.
Er steht langsam auf und geht zu dem Nikolaus hinüber.

„Ich bin so brav
als wie ein Schaf!“,

erklärt er mit lauter Stimme. Dann greift er ebenfalls in den Sack und zieht ein Päckchen hervor. Clemens ist schon groß, er wühlt nicht wie seine kleine Schwester herum, sondern er nimmt, was ihm zuerst in die Finger kommt. Ein weiches Päckchen.

Ein weiches Päckchen ist verdächtig. Das kann ziemlich peinlich werden. Vorsichtig packt Clemens aus. Ein Paar Socken. Mit Pferden darauf. Na, das hat ihm noch gefehlt! Was soll er mit Pferdesocken? Pia vielleicht ...
„Willst du tauschen?“, raunt der Nikolaus ihm zu. Jetzt hat er plötzlich genau die Stimme des Pastors.
Clemens schüttelt den Kopf. Ganz schnell steckt er die Socken weg. Eigentlich ist es doch praktisch! Auf diese Art hat er schon ein prima Weihnachtsgeschenk für seine Schwester Pia.
Übrigens ist die Nikolausfeierei damit immer noch nicht zu Ende. Am Nachmittag kommt auf dem Sturmhof der Dorf-Nikolaus vorbei. Diesmal nicht nur in Begleitung seines Ponys, sondern auch mit Kevin. „Ich hab ihm gesagt, dass er vormittags gar nicht erst zu kommen braucht“, sagt Kevin grinsend. „Weil ihr ja in die Kirche geht.“
„Hast du was dagegen?“, fragt Pia angriffslustig.
„Nee, überhaupt nicht.“
Verlegen schweigen die Kinder. Plötzlich meint Kevin: „Ich hatte Mathe richtig.“
„Echt? Super!“
Kevin schweigt.
Desiree beißt in ihren Nikolauswecken, den der Dorf-Nikolaus ihr gegeben hat. Der unterhält sich noch kurz mit Mama, bevor er wieder geht.

„Dann kommt mal ins Haus, Kinder. Es ist kalt", sagt Mama.
„Ich habe heute noch kein Mathe gemacht", murmelt Kevin.
Pia ist kein bisschen überrascht. Sie lacht bloß. „Dann hol das Zeug mal her!"

7

Der kleine Engel aus Goldpapier

Rudolf Otto Wiemer

Es muss eine windige Gegend gewesen sein, sagen wir in Wilhelmshaven, und der Engel war wirklich sehr klein, vielleicht nicht größer als eine Hand, und eine solche Hand hatte ihn kurz vor Weihnachten aus Goldpapier geschnitten. Jetzt war Weihnachten vorbei, das Christbäumchen hatte man abgeräumt und auf den Balkon gestellt. Da stand es nun, nackt und bloß, und war traurig. Der Flitter war weg, die bunten Glaskugeln lagen wieder im Karton, die Stümpfe der Kerzen, die so feierlich gebrannt hatten, waren aus den Blechhaltern gekratzt. Zwar gab es am Baum noch ein paar Lamettafäden, aber das sah erst recht trostlos aus, zumal die roten Äpfelchen, die Biskuits und Schokoladenkringel allesamt aufgegessen waren. Nur der kleine Engel aus Goldpapier hing noch im grünen Gezweig. Ursprünglich waren es zwölf Engel gewesen; elf

hatte man eingepackt, den zwölften vergaß man, und der war nun allein.
„Es wird immer kälter“, sagte der Christbaum. Tatsächlich, der Wind, der vom Meer herkam, fegte über den offenen Balkon. Der kleine Engel schaukelte ein wenig, das gefiel ihm. Es erinnerte ihn an die Abende im Wohnzimmer, als die flackernden Kerzen die Luft ebenfalls zittern ließen. „Schön war das“, sagte der Engel, „ich zitterte ebenso. Manchmal schwebte ich ein bisschen, und ich hoffte, ich könnte sogar fliegen.“
Der Christbaum brummte grämlich vor sich hin, weil der Wind ihn hart anfasste. Zittern kannte er wohl, doch vom Fliegen hatte er nie geträumt. „Liegt dir so viel daran?“, fragte er den kleinen Engel.
Der richtete sich ein wenig auf. „Aber natürlich. Ich habe nie an etwas anderes gedacht.“
Dem Christbaum, der sich mit Mühe an der Balkondecke festhielt, fielen plötzlich die kleinen Vögel ein, die früher durch seine Zweige gehuscht waren. „Richtig“, sagte er, „die Vögel flogen ja auch. Sogar im Wind flogen sie, das machte ihnen Spaß.“ „Mir würde es noch besser gefallen“, sagte der kleine Engel.
„Warum?“
„Weil ich ein Engel bin. Ich habe doch Flügel.“

„Sogar aus Goldpapier“, bestätigte der Christbaum. „Bist du darauf etwa stolz?“

„Nein“, sagte der kleine Engel, „Engel sind nie stolz. Nicht mal auf Goldpapier.“

„So, so“, brummte der Christbaum. Er wollte nicht ausdrücklich sagen, dass er selber ein wenig stolz gewesen war, als er geschmückt und mit brennenden Kerzen in der Weihnachtsstube stand. Und weil ihm, der ebenfalls nur ein kleines Bäumchen war, der kleine Engel leidtat, fragte er: „Was hast du davon, ein Engel zu sein, wenn du nicht einmal stolz sein darfst?“

Der kleine Engel schwieg. Nach einer Weile sagte er: „Engel müssen verkünden.“

„Verkünden?“, wunderte sich der Christbaum. „Hast du das getan?“

„Ja“, antwortete der kleine Engel, „aber meine Stimme ist sehr leise. Und die Trompete ist auch nicht groß. Ich weiß nicht, ob die Leute es gehört haben.“

„Ich verstehe“, sagte der Christbaum, „deshalb willst du jetzt noch woandershin fliegen.“

„Ja“, sagte der kleine Engel, „das wäre mir recht. Doch ich bin ja an deinem Zweig festgemacht.“

In diesem Augenblick wurde aus dem Wind, der vom Meer kam, ein richtiger Sturm. Darauf hatte der Christbaum gewartet. Er brauchte die Zweige nur ein wenig auszubreiten, da hob der Sturm ihn aus dem offenen Balkon hoch in die Luft und trug ihn weit über Straßen und Baumwipfel davon. „Wir fliegen!“, rief der Christbaum, während er ein wenig ängstlich über die Hausdächer wirbelte, an dicken Schornsteinen und Lichtmasten vorbei.

Der kleine Engel hatte keine Angst. Für Engel gibt es ja nichts Schöneres als Fliegen. Und er hatte es sich obendrein so sehr gewünscht.

Am nächsten Morgen aber lag der Christbaum auf der Straße. Manchmal rollt er ein Stück weiter, weil der Sturm noch immer vom Meer her wehte. Die Straßen waren leer. Nur ein kleines Mädchen, das in die Schule wollte, kam vorbei und bückte sich zu dem rollenden Christbaum herab. Da hing doch etwas zwischen den Zweigen?

„Ein Engel!“, rief das Mädchen und zog das Goldpapier vom Baum. Doch der Sturm riss es ihr sofort aus der Hand.

Das Mädchen blickte noch lange hinterher, bis die goldenen Flügel hinter dem Dachfirst verschwanden. Ja, und niemand weiß nun, wohin der kleine Engel geflogen ist.

8 Als die Lebkuchen lachten

Elke Bräunling

Die Tage vor dem Fest waren dunkel. Die Sonne versteckte sich hinter Nebelwolken und eine ungemütliche Kälte kroch durch die Straßen. Ungemütlich fühlten sich auch die Menschen. Ungemütlich, traurig, genervt.

„Warum sind die Menschen so schlecht gelaunt?“, fragte der Lebkuchenkönig eines Tages. Er wandte sich an die Lebkuchen, Printen, Pfefferkuchenmänner und Lebkuchenfrauen in den Backstuben. „Sie sollen sich doch freuen in diesen Tagen. Die Weihnachtszeit ist eine frohe Zeit. Deshalb wünsche ich, dass ihr von nun alle herzlich lacht und fröhlich seid!“

„Wie soll das gehen?“, fragte eine Lebkuchenfrau. „Unser Bäcker ist immer so müde und schlecht gelaunt, dass er gar nicht anders kann, als trübselig dreinzublicken. Wie soll er uns da mit fröhlich lachenden Lachgesichtern backen?“

„Keine Bange. Lasst mich nur machen!“ Der Lebkuchenkönig murmelte einige Zauberworte und eilte weiter zur nächsten Bäckerei. Viel zu tun hatte er in jener Nacht, und am nächsten Tag lachten den Leuten überall von Broten, Brötchen, Kuchen, Weihnachtsplätzchen, Lebkuchen und Pfefferkuchenmännern fröhliche Gesichter entgegen. Lustig sahen sie aus, und die Leute lächelten.

Von diesem Tag an erhellte in dieser Weihnachtszeit ein leises Licht die Gesichter der Menschen. Viele lächelten, manche lachten auch, und am lautesten lachte der Lebkuchenkönig. Das aber konnte keiner hören.

Weihnachten in Sicht

Evelyn Sanders

Adventszeit ist Fernsehzeit!
Das ist schon so gewesen, als meine Kinder noch an den Weihnachtsmann geglaubt beziehungsweise die Älteren versucht hatten, ihren jüngeren Geschwistern zu erklären, dass es den Weihnachtsmann eben *nicht* gibt. Nur stand dieser ausgerechnet jetzt in voller Lebensgröße vor jedem dritten Kaufhaus, womit seine Existenz ja bewiesen war. Die Vielzahl der Weihnachtsmänner einschließlich jener, die abends auf dem Bildschirm Rasierwasser, Daunenbetten und Modeschmuck anpriesen, ließ sich mit der Notwendigkeit von Hilfskräften erklären. „Das kann doch der Weihnachtsmann allein gar nicht schaffen!“
Vierjährigen kann man so etwas noch erzählen, sie glauben es.

Zwei Jahre später glauben sie es nicht mehr, aber sie tun so, denn offensichtlich glauben nun die Eltern an den Weihnachtsmann. Oder weshalb hat Mami zu Papi gesagt, der Weihnachtsmann könnte endlich mal einen neuen Geschirrspüler bringen?
Grundsätzlich habe ich nichts gegen Weihnachten; mich stören lediglich diese festgefahrenen Rituale nach der Devise: Das haben wir schon immer so gemacht!
Das haben wir noch nie so gemacht! Da könnte ja jeder kommen ...!
Was wir schon immer gemacht haben: am ersten Advent mit der Plätzchenproduktion angefangen. Ist ja ein Sonntag, also wollen alle helfen, tun es auch mit großer Begeisterung, und wenn die halbe Küche einschließlich Fußboden klebt, beginnt im Fernsehen *Peterchens Mondfahrt*, worauf die gesamte Hilfstruppe unter Mitnahme zweier Hände voll Haferflockenplätzchen im Wohnzimmer verschwindet.
Zweiter Advent: Basteln. Buntpapier reicht nicht, Stefanie hat vergessen, die Strohhalme zu bügeln, die Tube mit dem Klebstoff ist unauffindbar, anfängliche Begeisterung auf dem Tiefpunkt, und überhaupt muss man ja nicht *jedes* Jahr etwas Neues an den Christbaum hängen. Im Fernsehen beginnt *Der kleine Lord*.

Am dritten Advent ist endlich genug Schnee gefallen (doch, das hat es seinerzeit noch gegeben!), da geht man natürlich rodeln, kommt aber pünktlich zum Beginn von *Cinderella* nach Hause. Ist zwar kein ausgesprochen weihnachtlicher Film, wird aber immer wieder gern gezeigt. Die nassen Kleidungsstücke liegen im Keller vor der Waschmaschine – vorweihnachtliches Entgegenkommen, normalerweise finde ich sie im Bad verteilt.
Vierter Advent: Karten schreiben! Mama schreibt den Text, Papa die Umschläge, die Kinder kritzeln je nach Alter nur ihren Namen darunter oder „Fiele Grüse fon Kati".
Im Fernsehen beginnt die Weihnachts-Episode mit Michel aus Lönneberga, ist auch nicht mehr so ganz neu!
So weit also jenes „... schon immer so gemacht".
„... noch nie so gemacht" geht anders: Wir haben noch nie Weihnachten in der Karibik erlebt, aber auch noch nie in einem Iglu am Nordpol. Soll unvergesslich sein. Das glaube ich sogar, von Frostbeulen soll man ja jahrelang etwas haben.
Heiligabend auf einem Luxus-Liner irgendwo zwischen Sansibar und Madagaskar hätte bestimmt etwas für sich, Neuseeland würde mich auch reizen, da werden die Weihnachtsgeschenke schon ausgepackt, während sie bei uns erst

eingewickelt werden, der Weihnachtsmann heißt Santa Claus, und er trägt auch keinen langen Mantel, sondern einen roten Anzug mit künstlichem Pelzbesatz.
I'm dreaming of another Christmas ...

Jetzt könnte man sich diesen Traum sogar erfüllen, müsste ja nicht gleich Neuseeland sein, Vorarlberg im Schnee würde schon genügen, nur sind Omas und Opas in der Adventszeit und erst recht zu Weihnachten noch genauso unabkömmlich wie früher, als sie bloß Eltern waren. Besonders gern werden sie zur Beaufsichtigung der Enkel abkommandiert, wenn Mama und Papa jene Geschenke besorgen, die der Weihnachtsmann später persönlich abliefern soll. Und genau dazu wird Opa gebraucht, der schon seit einer Woche versucht, die aufgelisteten Ermahnungen zwei Oktaven tiefer anzulegen; er hört sich aber immer noch an wie gerade im Stimmbruch.
Oma wiederum ist zuständig für jene Geschenke, mit denen die Enkel ihre Eltern beglücken werden. Begonnen im Kindergarten, mangels Talent und Begeisterung nie über das Anfangsstadium hinausgekommen, muss sie sich um die Fertigstellung bemühen, vorausgesetzt, sie findet heraus, was es mit den 17 Zentimetern gehäkelter Luftmaschen auf sich hat.

„Das muss man noch mal genauso lange zurück häkeln und dann noch mal und noch mal und dann macht man da eine Schnecke draus, und wenn man das genäht hat, ist der Untersatz fertig“, erläutert der gerade mal Sechsjährige, recht geschickt im Umgang mit winzigen Plastikteilchen, völlig untalentiert für Handarbeiten, die im Zeitalter der Gleichberechtigung aber auch Männer in bescheidenem Umfang beherrschen sollten, und damit kann man natürlich nicht früh genug anfangen.
Nachdem Oma gemäß den Angaben dreimal hin und her gehäkelt, das fertige Teil zusammengerollt und festgenäht hat, stülpt es sich rundherum hoch und würde allenfalls als Untersatz für ein Schnapsglas reichen bzw. ein solches sogar zur Hälfte umhüllen. Also häkelt Oma etwas Neues, das nach Fertigstellung keinen Zweifel mehr an seinem Verwendungszweck aufkommen lässt, allerdings auch noch nie benutzt worden ist. Mama sagt immer, dafür sei es viel zu schade.
Enkel Nr. 3 hat erst etwas *ge*-klebt, das nun *be*-klebt werden muss, nur hat sich die ganze Konstruktion als ziemlich instabil erwiesen, der Deckel passt auch nicht so richtig drauf ... zur Aufbewahrung von Manschettenknöpfen und ähnlichen Kleinteilen männlicher Garderobe

wird sich das Kästchen nicht eignen. Onkel Sven übernimmt die Anfertigung eines neuen Behälters, Oma schneidet die Einzelteile der vorgesehenen Dekoration aus Buntpapier, Enkel klebt sie drauf und ist maßlos stolz auf sein Geschenk für Papi.

Das Geschenk für Mami besteht aus einer ehemaligen Käseschachtel, was sich trotz mehrmaligem Einsatz von Eau de Toilette nicht ganz verbergen lässt, aber der sehr schön beklebte Deckel schließt verhältnismäßig dicht, und überhaupt sollen ja nur Briefmarken rein. Mami schreibt allerdings E-Mails, Rabattmarken gibt es auch nicht mehr, aber es wird sich schon was finden zum Aufbewahren; Gummibänder zum Beispiel braucht man immer mal, wenn man aus einer gerollten Zeitung eine Fliegenklatsche machen will oder beim Gänseblümchenstrauß die kurzen Stiele zusammenbinden muss, damit sie nicht einzeln aus dem Eierbecher fallen.

Enkel Nr. 1, bereits Taschengeldempfänger mit regelmäßigen Zulagen für fehlerfreie Klassenarbeiten, fühlt sich über Selbstgebasteltes erhaben und verschenkt lieber Angebote von jenem Laden, in dem Restposten jeglicher Art relativ preiswert verhökert werden. Zum Glück bevorzugt er Kleinteile, hat sich also noch nie an einer ovalen Zierdecke für den Couchtisch vergriffen

oder an einem hellblauen Blumenübertopf mit Zwergen darauf. Kaffeebecher kann man jedoch nie genug haben, da geht immer mal einer kaputt, und Gutscheine für dreimal Spülmaschine ausräumen und zweimal Unkraut zupfen im Erdbeerbeet sind ja auch nicht zu verachten, zumal die Einlösung einer derartigen Zusage saisonabhängig ist und mitunter auch in Vergessenheit gerät.
Mit verschenkter Musik kann man angeblich nie etwas verkehrt machen, trotzdem wäre es mir lieber gewesen, wenn von dem umgestürzten Lkw-Anhänger nicht so viele CDs mit Melodien aus den Anden heruntergefallen wären; die Panflöte gehört nicht gerade zu meinen Lieblingsinstrumenten.
Opa muss sich über ein Sortiment unterschiedlich großer Schraubendreher freuen. Tut er auch, denn nun ist das dritte Dutzend endlich voll.

Eine ebenfalls schon Wochen vor dem Fest zu klärende Frage ist, wer mit wem wo den Heiligen Abend verbringen wird, denn es gibt ja nicht mehr nur den Sanders-Clan, bei dem sich früher alles abgespielt hat, sondern es sind drei neue Familien dazugekommen, mit Omas und Opas und sogar einer unverheirateten Großtante, die 270 Kilometer entfernt lebt, das ganze Jahr über nichts von sich hören lässt, aber gerade zu Weihnachten von verwandtschaftlichen Gefühlen übermannt wird und „nur für ein paar Tage" kommen möchte. „Es kann mich doch bestimmt jemand abholen?"

Genau genommen ist es nur die Keimzelle der Sanders-Sippe (man kann auch „Elternhaus" sagen), die noch dort zu finden ist, wo sich die Familie vor etlichen Jahrzehnten angesiedelt hatte, denn die Nachkommen wohnen jetzt viele Autobahn-Kilometer weit auseinander. Deshalb gibt es auch eine vorweihnachtliche Konferenzschaltung über Festnetz und diverse Handys.

Katja: „Also, im letzten Jahr waren wir alle bei euch zu Hause, aber diesmal will Toms Vater unbedingt dabei sein, nur verträgt dessen Mutter mit ihren 90 Jahren die lange Autofahrt nicht mehr, also müssen wir rauf nach Hessen. Aber wir können uns am zweiten Feiertag sehen!"

Nicki: „Nee, da sind wir bei Jörgs Eltern eingeladen. Die sind Heiligabend bei uns, aber der andere Termin steht auch schon lange fest."

Sascha: „Sehen wir uns denn in diesem Jahr überhaupt noch mal?"

Ich: „Wie wär's mit Silvester?"

Sascha: „Da kommt meine Schwägerin samt Mann und Kindern aus Hamburg runter!"

Ich: „Wie lange bleiben sie?"

Sascha: „Garantiert zu lange!“
Katja: „Wie wär’s denn gleich *nach* den Feiertagen? Es sind doch Ferien!“
Sascha: „Ja, für Lehrer. Ich bin aber keiner!“
Nicki: „Das wird doch in diesem Jahr nichts mehr! Vielleicht sollten wir schon mal was für Ostern ausmachen!“
Katja: „Quatsch! Wir telefonieren uns nächste Woche noch mal zusammen! Da sieht vieles schon wieder anders aus!“
Ich: „Stimmt! Dann sind’s nur noch sechs Tage bis Heiligabend!“

Nachdem die Hörer aufgelegt und die Handys abgeschaltet waren, schüttelt Sven den Kopf: „Määm, sind wir früher nicht mal eine ganz normale Familie gewesen?“
„Doch, aber das ist lange her!“

10

Wie man zum Engel wird

Ruth Schmidt-Mumm

Wie jedes Jahr sollte auch in diesem die sechste Klasse das weihnachtliche Krippenspiel aufführen.
Mitte November begann Lehrer Larssen mit den Vorbereitungen, wobei zunächst die verschiedenen Rollen mit begabten Schauspielern besetzt werden mussten.
Thomas, der für sein Alter hoch aufgeschossen war und als Ältester von vier Geschwistern häufig ein ernstes Betragen an den Tag legte, sollte den Joseph spielen. Tinchen, die lange Zöpfe hatte und veilchenblaue Augen, wurde einstimmig zur Maria gewählt. Und so ging es weiter, bis alle Rollen verteilt waren, bis auf die des engherzigen Wirts, der Maria und Joseph, die beiden Obdachsuchenden, von seiner Tür weisen sollte. Es war kein Junge mehr übrig. Die beiden Schülerinnen, die ohne Rolle ausgegangen waren, zogen es vor,

sich für wichtige Arbeiten hinter der Bühne zu melden.

Joseph, alias Thomas, hatte den rettenden Einfall. Sein kleiner Bruder würde durchaus in der Lage sein, diese unbedeutende Rolle zu übernehmen, für die ja nicht mehr zu lernen war als ein einziger Satz – nämlich im rechten Augenblick zu sagen, dass kein Zimmer frei sei. Lehrer Larssen stimmte zu, dem kleinen Tim eine Chance zu geben. Also erschien Thomas zur nächsten Probe mit Tim an der Hand, der keinerlei Furcht zeigte. Er wollte den Wirt gerne spielen. Mit Wirten hatte er gute Erfahrungen gemacht, wenn die Familie in den Ferien verreiste.

Er bekam eine blaue Mütze auf den Kopf und eine Latzschürze umgebunden; die Herberge selbst war, wie alle anderen Kulissen, noch nicht fertig. Tim stand also mitten auf der leeren Bühne, und es fiel ihm nicht leicht zu sagen, nein, er habe nichts, als Joseph ihn drehbuchgetreu mit Maria an der Hand nach einem Zimmer fragte.

Wenige Tage darauf legte Tim sich mit Masern ins Bett, und es war ein reines Glück, dass er zum Aufführungstag gerade noch rechtzeitig wieder auf die Beine kam.

In der Schule herrschten Hektik und Feststimmung, als er mit seinem großen Bruder eine

Stunde vor Beginn der Weihnachtsfeier erschien. Auf der Bühne hinter dem zugezogenen Vorhang blieb er überwältigt vor der Attrappe seiner Herberge stehen: sie hatte ein vorstehendes Dach, eine aufgemalte Laterne und ein Fenster, das sich aufklappen ließ. Thomas zeigte ihm, wie er auf das Klopfzeichen von Joseph die Läden aufstoßen sollte. Die Vorstellung begann.
Joseph und Maria betraten die Bühne, wanderten schleppenden Schrittes zur Herberge und klopften an. Die Fensterläden öffneten sich und heraus schaute Tim unter seiner großen Wirtsmütze. „Habt Ihr ein Zimmer frei?“, fragte Joseph mit müder Stimme. „Ja, gerne“, antwortete Tim freundlich.
Schweigen breitete sich aus im Saal und erst recht auf der Bühne. Joseph versuchte vergeblich, irgendwo zwischen den Kulissen Lehrer Larssen mit einem Hilfezeichen zu entdecken. Maria blickte auf ihre Schuhe.
„Ich glaube, Sie lügen“, entrang es sich schließlich Josephs Mund. Die Antwort aus der Herberge war ein unüberhörbares „Nein“.
Dass die Vorstellung dennoch weiterging, war Josephs Geistesgegenwart zu verdanken. Nach einer weiteren Schrecksekunde nahm er Maria an der Hand und wanderte, ungeachtet des Angebots, weiter bis zum Stall.

Hinter der Bühne waren inzwischen alle mit dem kleinen Tim beschäftigt. Lehrer Larssen hatte ihn zunächst vor dem Zorn der anderen Schauspieler in Schutz nehmen müssen, bevor er ihn zur Rede stellte. Tim erklärte, dass Joseph eine so traurige Stimme gehabt hätte, da hätte er nicht nein sagen können, und zu Hause hätten sie auch immer Platz für alle, notfalls auf der Luftmatratze.

Herr Larssen zeigte Mitgefühl und Verständnis. Dies sei doch eine Geschichte, erklärte er, und die müsse man genauso spielen, wie sie aufgeschrieben sei – oder würde Tim zum Beispiel seiner Mutter erlauben, dasselbe Märchen einmal so und dann wieder ganz anders zu erzählen, etwa mit einem lieben Wolf und einem bösen Rotkäppchen?

Nein, das wollte Tim nicht, und bei der nächsten Aufführung wollte er sich Mühe geben, ein böser Wirt zu sein; er versprach es dem Lehrer in die Hand.

Die zweite Aufführung fand im Gemeindesaal der Kirche statt und war, wenn möglich, für alle Beteiligten noch aufregender.

Unter ärgsten Androhungen hatte Thomas seinem kleinen Bruder eingebläut, dieses Mal auf Josephs Anfrage mit einem klaren „Nein" zu antworten.

Der große Saal war voll bis zum letzten Sitzplatz. Dann ging der Vorhang auf, das heilige Paar erschien und wanderte – wie es aussah, etwas zögerlich – auf die Herberge zu. Joseph klopfte an die Läden, aber alles blieb still. Er pochte erneut, aber sie öffneten sich nicht. Maria entrang sich ein Schluchzen.
Schließlich rief Joseph mit lauter Stimme: „Hier ist wohl kein Zimmer frei?" In die schweigende Stille, in der man eine Nadel hätte fallen hören, ertönte ein leises, aber deutliches „Doch".
Für die dritte und letzte Aufführung des Krippenspiels in diesem Jahr wurde Tim seiner Rolle als böser Wirt enthoben. Er bekam Flügel und wurde zu den Engeln im Stall versetzt.
Sein „Halleluja" war unüberhörbar, und es bestand kein Zweifel, dass er endlich am richtigen Platz war.

11 Weihnachtsfrühfeier

Rudolf Reichenau

Wie lange diese Nacht währt!
„Noch nicht Morgen?"
„Nein" – so trübe die Nachtlampe brennt, das sieht man doch, das Himmelbett der Eltern ist wohl leer, aber noch frisch aufgemacht, wie am Abend – sie sind noch gar nicht schlafen gegangen. Es ist kalt – husch! in die Kissen zurück! Die Eisblumen am Fenster, die sich immer dichter mit wunderbar verschlungenen Ranken und Blättern überziehen, gestatten dem Sterne, der mit so eigenem Funkeln vom Himmel sieht, kaum noch den Einblick ins Zimmer. Draußen aber knistert der Schnee unter dem Tritte des Wächters oder kreischt laut vor Entsetzen über die frevelhafte Entweihung, wenn ein verspäteter Frachtschlitten die Gleise befährt, die der Frost nicht für irdische Fuhren so spiegelblank geputzt. Horch! Schon wieder dies geheimnis-

volle Regen!, und immer lebendiger wird es. Bald ist es wie behutsame Gewichtigkeit einer Männersohle, die sich Mühe gibt, leise zu treten, bald wie Rauschen von Frauenkleidern; bald knacken verräterische Treppenstufen, bald klingt es wie klappende Schranktüren oder wie Schiebladen, die auf- und zugehen, bald wie ein Flüstern und Räuspern im Flurgange; jetzt stößt es an, wie wenn große, schwere Kisten getragen werden, oder es fällt gar zu Boden und rollt die Diele entlang, ganz so wie ein Schachteldeckel. Dabei steht das Himmelbett noch immer unberührt. – „Wenn die Auguste Rademacher doch recht hätte! Wenn es doch die Eltern selbst wären, und nicht der Engel die Bescherung brächte!"

Furchtbarer junger Zweifler im Ausschiebebettstellchen, vermessener kleiner Fibelfaust, verzehre dich nicht in vergeblichem Grübeln über das Unfassbare, von dem wir einmal nichts wissen sollen und nichts wissen können. Ist dir der Friede deiner Seele lieb, lege dich ruhig wieder hin und schlummere den Schlummer gläubiger Unschuld wie dein Schwesterchen, dem das große Geheimnis der Nacht keine andere Unruhe verursacht, als dass es wie ein Fragezeichen sein Beinchen über das Deckbett streckt.

Mitternacht ist vorüber, vom Turme haben Choralklänge die alte Himmelbotschaft verkündet:

Ehre sei Gott in der Höhe, Friede auf Erden und den Menschen ein Wohlgefallen!
Der Nachtlampe Docht fängt an zu verkohlen, das Öl wird knapp, und das Wasser, auf dem es schwimmt, ist ein schlechter Feuerwerker; prasselnd, zischend, spritzend fährt das Flämmchen noch einmal auf, gerade hell genug, erkennen zu lassen, dass nun auf den Stühlen an dem Himmelbett Kleider liegen; dann ist alles finster und still. „Noch immer nicht Morgen?"
„Noch lange nicht. Soll ich dir meine Hand geben? Willst du ein Schlückchen Wasser? – So, nun lege dich auf die andere Seite und schlafe weiter."
„Auch jetzt noch nicht?"
„Nein. Schlafe nur ganz ruhig, du wirst schon geweckt werden."
Die Sonne wusste recht gut, weshalb sie gestern Abend so frühzeitig in die entlegenste Südwestecke hinabsank, sie hat einen weiten Weg unten um die ganze Erde herum, ehe sie wieder aufsteigt im Osten. Der Zeit aber ist das ganz recht, sie will wieder einbringen, was in den übergeschäftigen letzten Tagen an rennender Hast zu viel geschah, oder will sie, im demütigen Gefühl ihrer Endlichkeit, ganz und gar vom Posten gehen und der Ewigkeit selbst die Ehrenwache bei den hochheiligen Mysterien überlassen? Den-

noch schwingt der Pendel, die Zeiger rücken, der Goldhammer hebt sich, wenn die schleichende Stunde endlich vollbracht ist.
Der Hahn wird unruhig auf seiner Latte, obwohl er weder selbst Bescherung erwartet, noch für seine Familie heimlich aufgebaut hat. Er krähte schon mehrmals und lässt sich nicht länger irre dadurch führen, dass noch Mond und Sterne scheinen, er hat die Uhr im Kopfe. Die Hoftüre wird geöffnet, der Widerhall des Hauses erwacht vom Scharren des Kehrbesens, benutzt aber, verschlafen wie es alle sind nach den vielen Störungen in der Nacht, jede kleine Pause, abermals einzunicken zur köstlichen Nachtruhe. Es poltert im Ofen, Kleider werden geklopft, der wache Morgen schreitet immer dreister einher, dringt immer weiter vor in das Gebiet der Träume und ruft endlich, das blendende Licht in der Hand: „Kinder, steht auf!“ Endlich, endlich ist es Morgen! Morgen, der aber doch immer noch Nacht ist, der einzige Morgen des ganzen Jahres, an dem auch die kleinsten der kleinen Leute bei Lichte aufstehen – dies allein schon ein Ereignis, eine Tat, ein Wunder –, das reine Märchen! Nicht selten müssen sehr kräftige Erweckungsmittel angewandt werden, um die fesselnde Kraft der „himmlisch“ warmen Betten zu überwinden. Heute fährt das gesamte Aufgebot der

Kinderbeine beim ersten Aufruf zugleich heraus – wie ein Bein, und die Schnelligkeit des Ankleidens wird nur von der fröhlichen Verwirrung, die sie erzeugt, übertroffen – und gehemmt. Endlich trotz aller Konfusion fertig gekleidet, fügen sich die Kleinen, die doch sonst nicht genötigt werden brauchen, nur der kategorisch festgehaltenen Weisung, erst noch ruhig zu frühstücken.

Welch ein Zauber für die Kinderseele, eben wiedererstanden aus dem Schlummer, rein und klar wie der sternhelle Morgen, in der ganzen, unberührten Frische eines neuen Tageslebens, das noch kein, wenn auch nur in unbewusster Trübung nachwirkender, schnell vergessener Streit, keine paradiesaustreibende Unart entstellte – der höchsten Freude des Jahres entgegenzugehen! Welch ein Zauber in der Verschmelzung der Reize aller Tageszeiten und der entgegengesetztesten Stimmungen, in dieser Nachtdunkel, strahlendes Kerzenlicht und Morgenweihe, Entzücken und Andacht in eins verwebenden, gleichsam zeitlosen Wunderwelt! Welch ein Zauber, wenn beim wohlbekannten Klange des Silberglöckchens die Türflügel aufgehen, von unsichtbarer Hand bewegt, als wären es wirklich geflügelte Türen, und die stürmisch Herbeigeeilten, geblendet von all dem Glanze, nun doch im ersten Augenblick wie erstarrt auf der Schwelle stehen bleiben, bis der Eltern ermunterter Zuruf zum Nähertreten auffordert – welch ein Zauber, wenn der ersten allgemeinen Freude die jubelnde Besitzergreifung folgt, wenn ein jeder gerade das findet, was er „sich am meisten gewünscht“ – die Mädchen ihre Puppen, die sie gar nicht mehr aus dem Arme lassen, die Knaben Trommeln und Trompetchen, deren lustiger Schall den fernen Ruf der Glocken zur Frühpredigt doch nicht stört – welch ein Zauber, wenn den Zweigen des Christbaumes jener eigentümliche Duft entströmt, der, mit keinem anderen Wohlgeruch vergleichbar, noch in der Erinnerung so magisch wirkt, dass die Kinder schon wochenlang vor dem nächsten Feste jeden verlöschenden Wachsstock, von Wonneschauern mit Vorahnung durchrieselt, begrüßen: „Es riecht nach Weihnachten!“ Welch ein Zauber auch dann noch, wenn endlich die Fensterladen aufgemacht, die Vorhänge zurückgeschlagen werden und die letzten tief herabgebrannten, immer matter brennenden Lichtchen im Tannengrün die Morgenröte bescheint. Wie das glüht im Osten, wie die Wolken sich türmen gleich goldigen Schneebergen über den Nachbarhäusern, wie die Rauchsäulen so purpurdurchleuchtet emporwallen! Es ist wie Opferdampf flammender

Zedernscheite, der auf seinen Schwingen die Andacht heiliger Beter emporträgt, nicht wie Rauch aus gemeinen Kaminröhren, von gewöhnlichen Feuerstätten, auf denen klafterweise gekauftes Birken- und Kiefernholz brennt, und Kaffee gekocht wird wie alle Tage. – Und von der Höhe dieses Morgens die Aussicht nicht wie bei der Abendfeier auf das immer zu frühe Zubettgestecktwerden, nein – auf einen ganz langen Tag, dessen frommes Gebot festlicher Muße die Spiel- und Naschfreuden gleichsam zu einer Gewissenspflicht macht!

12

Roswithens Weihnachtswunsch

Otto Ernst

Die Sache begann sehr harmlos. Als ich vor Jahren einmal mit Roswithen spazieren ging, fragte sie mich: „Vater, magst du gern Ziegen leiden?“ Ich kann eigentlich nicht behaupten, dass ich Ziegen überwältigend reizvoll finde. Ich antwortete also langsam und gedehnt: „Nun jaaaa – hm – wie man’s nimmt – warum nicht?“
„Ich schrecklich gern!“, seufzte Roswitha. „So kleine junge Ziegen find’ ich reizend!“
Ja, wenn sie noch klein sind, sind sogar Menschen reizend. Dachte ich, sagte ich natürlich nicht. Damit schien dieses Thema erschöpft.
Die Lektüre seiner Kinder kann man nicht sorgfältig genug überwachen. Ich hatte es daran fehlen lassen: Roswitha erwischte eine Geschichte mit einer Ziege darin. Es war „Heidi“ von Johanna

Spyri, eine nette Geschichte, wenn nur keine Ziege drin wäre und wenn die nicht noch obendrein „Schneehöppli“ hieße. Nun hatte Roswithens Sehnsucht einen Namen: „Schneehöppli“, nun saß die Sehnsucht fest.
„Wenn ich verheiratet bin, dann kann ich doch tun, was ich will, nicht?“
Sie nahm mein Schweigen für Bejahung.
„– und wenn ich den Ludwig heirate, denn kauf ich mir 'ne Ziege, und die soll Schneehöppli heißen. Wenn ich Fritz heirate, der will drei Kinder haben; aber wenn ich Ludwig heirate, der will keine Kinder haben, denn schaff ich uns 'ne Ziege an.“
Von Zeit zu Zeit rückte der Termin des Ziegenkaufes ein tüchtiges Stückchen vor.
„Wenn ich groß bin, dann kauf ich mir usw.“ – „Wenn ich nicht mehr zur Schule gehe und 'n ganzen Tag frei habe, dann kauf ich mir usw.“
Als einmal wieder die Weihnacht nahe war, wurde Roswitha nach ihrem Wunsch gefragt.
„Mein höchster Wunsch ist ja natürlich 'ne Ziege, aber –“
„Aber Liebling“, rief meine Frau, „wie sollen wir denn hier in der Stadt eine Ziege halten! Wenn wir so ein Tierchen anschaffen, muss es doch sein Recht haben! Wo sollen wir es denn unterbringen!“

„Hm“, machte Roswitha mit nachdenklichem Gesicht, „in der Küche kann sie ja nicht sein?“
„Nein“, erklärte meine Frau entschieden, „in der Küche kann sie ja nicht sein!“ Dieser Versuchsballon war geplatzt.
„Das arme Tierchen würde sich gar nicht wohlfühlen bei uns“, versicherte meine Frau.
Nein, wenn es sich nicht wohlfühlte, dann ging's nicht, das sah Roswitha ein, wenigstens für einige Monate. Unglücklicherweise musste sie dann über den Robinson geraten. Hatte Heidi eine Ziege gehabt, so hatte Robinson eine ganze Insel voll wilder Ziegen. Ich bin überzeugt, der arme Schiffbrüchige erschien Roswithen als der beneidenswerteste der Menschen, weil er in Ziegen förmlich schlampampen konnte.
Dann kaufte ich ein Haus auf dem Lande mit einem großen Garten, und dann musste ein Unglücksbengel aus dem Dorfe Roswithen eines Tages erzählen, er könne ihr eine kleine Ziege für eine Mark fünfzig verkaufen. –
Aufgelöst kam Roswitha nach Hause.
„Vater! Mutter! 'ne Ziege kostet bloß eine Mark fünfzig! Ich hab' ja fünf Mark in mein'm Spartopf; darf ich sie mir holen?”
„Liebe Roswitha, es ist nicht wegen der Mark fünfzig; eine Ziege braucht doch auch einen ordentlichen Stall, und den haben wir nicht, kön-

nen wir in unsern Garten auch gar nicht unterbringen." –
Damit war auch dieser Angriff abgeschlagen ...
Aber eines Morgens beim Frühstück begann sie: „Vater, ich weiß was. Unten im Keller haben wir doch so 'ne große Bücherkiste, nicht?" „Ja?" „Da machen wir einfach 'ne Tür hinein, und denn ist das 'n Ziegenstall."
Da riss mir die Geduld. „Roswitha", sagte ich ernst, „nun hörst du endlich auf mit deiner Ziege, nun hab ich's satt. Du bekommst keine Ziege, und damit basta!"
Die Absage wirkte. Roswitha sprach weder von Stall noch Ziege mehr, nicht einmal andeutungsweise, nicht einmal zu den Geschwistern. Sie ging fortan still einher, aber nicht etwa traurig, nicht etwa gedrückt, nein, Roswitha schien durch ihren Verzicht gesetzter, ihre Augen, ihr ganzes Gesicht schien seelenvoller geworden zu sein.
Meine Frau und ich kamen spät in der Nacht aus fröhlicher Gesellschaft heim und wollten uns eben zur Ruhe begeben, da sahen wir auf dem Nachttischchen einen Brief liegen.
Auf dem Umschlag stand von Roswithens Hand: „An Mami und Papi".
Wir öffneten und lasen gemeinsam:
„Meine süßen geliebten Wonne-Eltern bitte bitte schenkt mir doch eine ganz kleine Ziege, ich will

auch gar nichts zu meinem Geburtztag und zu Weinachten haben und ich will mir auch schrecklich Mühe in der Ortografi geben, Du sollst sehen, Mami, wenn ich groß bin, schreib ich ganz richtich, und ich will auch ein guter Mensch werden und garnicht mehr heftig und jezornig sein. Ich bitte euch so schrecklich, schenkt mir 'ne Ziege, wenn Mutti mich unterichtet denk ich immer blos an die Ziege. Tausend Billionen Küsse von eurer Roswitha."

Was soll ich weiter sagen – am nächsten Morgen bewilligten wir die Ziege.

13

Wintersport-legendchen

Ödön von Horváth

Wenn Schneeflocken fallen, binden sich selbst die heiligen Herren Skier unter die bloßen Sohlen. Also tat auch der heilige Franz. Und dem war kein Hang zu steil, kein Hügel zu hoch, kein Holz zu dicht, kein Hindernis zu hinterlistig – er lief und sprang und bremste derart meisterhaft, dass er nie seinen Heiligenschein verbog.

So glitt er durch winterliche Wälder. Es war still ringsum und – eigentlich ist er noch keinem Menschen begegnet und auch keinem Reh. Nur eine verirrte Skispur erzählte einmal, sie habe ihn auf einer Lichtung stehen sehen, wo selbst er einer Gruppe Skihaserln predigte. Die saßen um ihn herum im tiefen Schnee, rot, grün, gelb, blau – und spitzten andächtig die Ohren, wie er so sprach von unbefleckten Trockenkursen im Kloster „zur guten Bindung", von den alleinseligmachenden Stemmbögen, Umsprung-Ablässen und lauwarmen Telemarkeln. Und wie erschauerten die Skihaserln, da er losdonnerte wider gewisse undogmatische Unterrichtsmethoden!

14

Gefühle nach dem Kalender

Kurt Tucholsky

Eigentlich ist es ja ein bisschen merkwürdig: Wenn nur noch wenige dünne Kalenderblätter den Abreißer vom 24. Dezember trennen, so senkt sich jenes weihnachtliche Gefühl auf ihn hernieder, das ihr alle kennt. Er wird ein bisschen weich, er wird ein wenig träumerisch, und wenn der ganze Apparat des Einkaufs vorbeigeklappert ist, wenn all das Tosen und Wirken vorüber ist, dann saugt er doch an seiner Weihnachtszigarre und denkt sich dies und das und allerlei. Aber wie denn? Kann man denn seine Gefühle kommandieren –? Kann man denn – nach dem Kalender – seine Empfindungen regeln?
Man kann's nicht. Der Schnurriker Mynona erzählte einmal die Geschichte vom Schauspieler Nesselgrün, dem es plötzlich einfiel, sein ihm zustehendes Weihnachten im August zu feiern –

und unter unendlichem Hallo geht denn diese deplacierte Festlichkeit auch vor sich. Aber wir haben doch gelacht, als wir das lasen. Könnten wir andern das auch? Es ist wohl nicht nur die Furcht, uns lächerlich zu machen – es muss noch etwas anderes sein. Der Grund, dass wir wirklich – jedes Weihnachten – in jedem Jahr – immer aufs Neue imstande sind, genau um den 25. Dezember herum die gleichen Gefühle zu hegen, liegt doch wohl darin, dass sie sich angesammelt haben. Es muss doch irgendetwas da sein, das tropfenweise anschwillt, das ganze Jahr hindurch. Schließlich ist doch der Kalender etwas ganz Äußerliches, Relatives, wir sind in gewisser Hinsicht mit ihm verwachsen – aber die Zeit ist nicht in uns, wir sind in der Zeit. Und das kleine Blättchen, das den Vierundzwanzigsten anzeigt, ist kein Grund, es ist ein Signal und ein Anlass.
Ich habe immer das Gefühl, als ob wir jede Woche im Jahr weihnachtliche Empfindungen genug aufbrächten – aber gute Kaufleute, die wir sind, legen wir sie „in kleinen Posten" zurück, bis es sich einmal lohnt. Im Dezember ist dann das Maß meist voll. Ist es nicht schließlich mit jedem Gedenktag so –? Warum sollen wir gerade am Neunzehnten an sie denken, und warum nicht einen Tag später –? „Heute vor einem Jahr – –", ach Gott, entweder wir empfinden immer, dass

sie auf der Welt ist – oder wir empfinden's am Neunzehnten auch nur konventionell. Gefühle nach dem Kalender –: Das geht nur, wenn der Kalender sie ins Rollen bringt. Gefühle nach dem Kalender ... Wir haben alle nur keine Zeit, um gut zu sein, wie? Wir haben alle nur keine Zeit. Und müssen tausend- und tausendmal herunterschlucken und herunterdrücken und sind vielleicht im Grunde alle froh, allweihnachtlich einen Anlass gefunden zu haben, den gestauten Sentiments freien Lauf zu lassen. Wer erst nach dem Kalenderblatt sieht, sich vor den Kopf schlägt und „Ach, richtig!" ruft – dem ist nicht zu helfen.

Vielleicht hat diese neue – ehemals große – Zeit manches am deutschen Weihnachtsfeste geändert. Ich weiß nicht, ob's innerlicher geworden ist. Es täte uns so not – nicht aus Gründen der Religion, die jedermanns Privatsache ist – sondern aus Gründen der Kultur. Diesem Volk schlägt ein Herz, aber es liegen so viel Kompressen darauf ...

Reißt sie ab. Wagt einmal (was besonders dem Norddeutschen schwer und sauer fällt), wagt einmal, geradeaus zu empfinden. Und wenn euch das Fest nach all dem, was geschehen ist, doppelt lieb, aber doppelt schwierig erscheint, dann denkt daran, wie ihr es im Feld gefeiert habt, und wo – und denkt daran, wie es ein Halt gewesen ist gegen die Lasten des äußern und innern Feindes, und wie schon das Datum, wie schon der Kalender Trost war in verdammt schwarzen Tagen. Und – weil wir hier gerade alle versammelt sind – denkt schließlich und zu guter Letzt – auch an etwas anderes.

Nach dem Kalender fühlen ... Aber habt ihr einmal geliebt ...? Die Damen sehen in ihren Schoß, und die Herren lächeln so unmerklich, dass ich von meiner Kanzel her Mühe habe, es zu erkennen. Also ihr habt geliebt, und ihr – ich sehe keinen an – liebt noch. Nun, ihr Herren, und wenn sie Geburtstag hat? Nun, ihr Herren, und wenn der Tag auf dem Kalender steht, an dem ihr sie zum ersten Mal geküsst habt –? Nun? Ihr feiert das. Was im ganzen Jahr künstlich oder zufällig zurückgedämmt war – es bricht – wenn's eine richtige Liebe ist – elementar an solchem Tage hervor aus tiefen Quellen. Der Tag, dieser dumme Tag, der doch gleich allen anderen sein sollte, ist geheiligt und festlich und feierlich und freundlich – und ihr denkt und fühlt: sie – und nur sie. Nach dem Kalender ...? Nicht nach dem Kalender. Ihr tragt alle den Kalender in euch. Es ist ja nicht das Datum oder die bewusste Empfindung, heute müsse man nun ... Es ist, wenn ihr überhaupt wisst, was ein Festtag ist, was

Weihnachten ist: euer Herz. Lasst uns einmal von dem Festtags-„Rummel“ absehen, der in einer großen Stadt unvermeidlich ist. Lasst uns einmal daran denken, wie Weihnachten gefeiert werden kann, unter wenigen Menschen, die sich verstehen. Das ist kein Ansichtskarten-Weihnachten. Das ist nicht das Weihnachten des vierundzwanzigsten Dezembers allein – es ist das Weihnachten der Seele. Gibt es das –? Es soll es geben. Und gibt es auch, wenn ihr nur wollt. Grüßt, ihr Herren, die Damen, küsst ihnen leise die Hand (bitte in meinem Auftrag) und sagt ihnen, man könne sogar seine Gefühle nach dem Kalender regeln: zum Geburtstag, zum Gedenktag – und zu Weihnachten. Aber man muss welche haben.

15 Das Weihnachtsgeschenk des kleinen Engels

Charles Tazewell

Es war einmal – nach der Zeitrechnung der Menschen ist es viele, viele Jahre her, nach dem himmlischen Kalender freilich nur einen Tag – ein trauriges Engelchen, das im ganzen Himmelreich nur als der „Kleine Engel" bekannt war. Der Kleine Engel war genau zehn Jahre, sechs Monate, fünf Tage, sieben Stunden und zweiundzwanzig Minuten, als er vor den ehrwürdigen Hüter der Himmelspforte trat und um Einlass bat. Herausfordernd stand er da, seine kurzen Beinchen trotzig gespreizt, und tat so, als wäre er von solch unirdischem Glanz nicht im Geringsten beeindruckt. Aber seine Oberlippe zuckte doch verräterisch und er konnte auch nicht verhindern, dass ihm eine Träne über das sowieso schon völlig verweinte Gesicht kollerte

und sich erst auf seiner sommersprossigen Nase fing.
Aber das war noch nicht alles. Natürlich hatte er wie üblich sein Taschentuch vergessen, und als der freundliche Himmelspförtner den Namen in sein großes Buch eintrug, musste der Kleine Engel plötzlich laut schnupfen – so laut, dass dem guten Himmelspförtner vor Schreck etwas passierte, was noch nie vorgekommen war: Er machte einen dicken Klecks auf die sauber beschriebene Seite!
Von diesem Augenblick an war der himmlische Friede gestört und der Kleine Engel wurde bald zum Schrecken aller Himmelsbewohner. Sein Pfeifen schrillte durch die goldenen Straßen, dass die Propheten jedes Mal zusammenzuckten und aus ihren Betrachtungen gerissen wurden. Und bei den Gesangsstunden des Himmelschores sang er so laut und so falsch, dass der zarte himmlische Klang völlig zerstört wurde. Dazu kam, dass er wegen seiner kurzen Beinchen stets zu spät zu den abendlichen Gebetsstunden erschien und die anderen Engel an ihre Flügel stieß, wenn er sich zwischen ihre Reihen hindurch auf seinen Platz zwängte.
Hätte man dieses schlechte Betragen noch übersehen können, so war seine äußere Erscheinung völlig unentschuldbar. Zuerst flüsterten Cheru-

binen und Seraphinen es sich heimlich zu, bald aber sprachen die Engel und Erzengel es ganz laut aus, dass er überhaupt nicht wie ein Engel aussah. Und sie hatten recht. Sein Heiligenschein hatte ganz trübe Flecken an den Stellen, wo er ihn mit seinen kleinen Schmutzfingern festhielt, wenn er rannte.

Und er rannte eigentlich immer.

Aber selbst wenn er einmal stille stand, saß der Heiligenschein immer irgendwo schief auf dem Kopf oder er fiel ganz herunter und rollte eine der goldenen Straßen entlang, sodass der Kleine Engel hinterherlaufen musste. Ja, und es muss auch gesagt werden, dass seine Flügel weder schön noch nützlich waren. Alle hielten den Atem an, wenn er sich wie ein ängstlicher, eben flügge gewordener Spatz an den äußersten Rand einer Wolke setzte und Anstalten zu einem Flug traf. Dann schloss er die Augen, hielt sich mit seinen beiden Händen die sommersprossige Nase zu, zählte bis drei und stürzte sich dann – Kopf über Heiligenschein hinaus – ins All. Und weil er dabei stets vergaß, seine Flügel in Aktion zu setzen, endete ein solcher Flug meist mit einer Panne.

Dass all dies früher oder später zu einer Bestrafung führen musste, sah jeder kommen. Und so geschah es dann, dass er an einem ewigen Tag

im ewigen Monat eines ewigen Jahres vor den Engel des Friedens gerufen wurde.
Er kämmte sich sorgfältig die Haare, bürstete seine zerzausten Flügel und streifte sich ein fast sauberes Kleid über – dann machte er sich schweren Herzens auf den Weg. Als er sich dem Gebäude der himmlischen Gerechtigkeit näherte, hörte er von Weitem schon fröhlichen Gesang erschallen. Schnell putzte er seinen Heiligenschein an seinem Kleid noch einmal blank und trat dann auf Zehenspitzen ein.
Der Sänger, der im Himmel als Engel des Verstehens bekannt ist, blickte auf den Kleinen Engel hinab und der machte sofort einen vergeblichen Versuch, sich unsichtbar zu machen, indem er seinen Kopf wie eine Schildkröte in den Kragen seines Gewandes einzog.
Bei diesem Anblick konnte der Engel des Verstehens nicht ernst bleiben. Er lachte ein herzliches, warmes Lachen und sagte: „Du bist also der Missetäter, der den Himmel so in Aufruhr versetzte! Komm, du kleiner Cherub, und erzähle mir nun alles."
Der Kleine Engel blinzelte zuerst mit dem einen und dann mit dem anderen Auge hinauf zu dem großen Engel – und plötzlich, er wusste selbst nicht, wie es gekommen war, saß er auf dessen Schoß und erzählte, wie schwer es doch für einen

kleinen Jungen sei, wenn er plötzlich ein Engel würde. Und er hätte auch wirklich nur ein einziges Mal am goldenen Tor geschaukelt. Nun ja, zwei Mal; richtig, vielleicht waren es drei Mal; aber doch nur, weil er solche Langeweile hatte. Und das war wohl auch das ganze Unglück. Der Kleine Engel hatte nichts zu tun. Und er hatte Heimweh. Nicht dass es im Paradies nicht schön wäre! Aber die Erde war eben auch schön gewesen mit den Bäumen, auf die man hinaufklettern konnte, und mit den Fischen im Wasser, die man fangen konnte, und mit ihren Seen zum Schwimmen, ihrer Sonne, ihrem Regen und dem braunen Lehm, der sich so weich und warm anfühlte unter den Füßen!

Der Engel des Verstehens lächelte verständnisvoll. Dann fragte er den Kleinen Engel, was ihn im Paradies wohl am glücklichsten machen würde. Der dachte eine Weile nach und flüsterte ihm ins Ohr. „Zu Hause unter meinem Bett steht eine Schachtel. Wenn ich die haben könnte!" Der Engel des Verstehens nickte. „Du bekommst sie", versprach er und sandte sofort einen Himmelsboten danach aus.

In all den zeitlosen Tagen, die nun folgten, wunderten sich alle über die merkwürdige Wandlung, die sich in dem Kleinen Engel vollzogen hatte. Er war der glücklichste von allen Engeln

und sein Betragen und sein Aussehen waren so vorbildlich, dass niemand mehr etwas auszusetzen hatte.
Eines Tages nun kam die Kunde, dass Jesus, der Sohn Gottes, von Maria, der Jungfrau, zu Betlehem geboren werden sollte.
Allgemeiner Jubel wurde laut und all die Engel und Erzengel, die Seraphinen und Cherubinen, der Himmelspförtner und alle anderen Himmelsbewohner legten ihre alltäglichen Arbeiten beiseite, um Geschenke für das Gotteskind vorzubereiten.
Alle waren eifrig bei der Arbeit, nur der Kleine Engel nicht. Der saß auf der obersten Stufe der goldenen Himmelstreppe und wartete, den Kopf in die Hände gestützt, auf eine gute Idee für ein passendes Geschenk. Aber so sehr er auch nachdachte, es fiel ihm nichts ein, was würdig gewesen wäre für das göttliche Kind.
Die Zeit des großen Wunders war schon bedenklich nahe gerückt, als ihm plötzlich der erlösende Gedanke kam. Und am Tag der Tage holte er sein Geschenk aus seinem Versteck hinter einer Wolke hervor und legte es vor den Thron Gottes nieder. Es war nur eine kleine, unscheinbare, abgegriffene Schachtel, aber sie enthielt all jene wunderbaren Dinge, die selbst ein Gotteskind erfreuen mussten. Da lag nun die kleine, un-

scheinbare, abgegriffene Schachtel mitten unter den kostbaren Geschenken der Engel des Paradieses, Geschenke von solcher Pracht und atemberaubender Schönheit, dass der Himmel und das gesamte Weltall von ihrem bloßen Widerschein erleuchtet waren. Als der Kleine Engel diese Pracht sah, wurde er ganz niedergeschlagen, denn er erkannte, dass sein Geschenk unwürdig war. Am liebsten hätte er es wieder zurückgenommen, aber dazu war es nun zu spät. Die Hand Gottes bewegte sich bereits über all die Geschenke hinweg, hielt plötzlich inne, senkte sich herab – und ruhte auf dem ärmlichen Geschenk des Kleinen Engels. Der Kleine Engel zitterte, als die Schachtel geöffnet wurde und nun vor den Augen Gottes und der anderen Himmelsbewohner das offen dalag, was er dem Gotteskind zum Geschenk gemacht hatte: ein Schmetterling mit goldgelben Flügeln, den er an einem sonnigen Tag in den Bergen gefangen hatte, ein himmelblaues Vogelei, das aus einem Nest im Olivenbaum gefallen war, zwei weiße Kieselsteine, die er am schlammigen Ufer des Flusses gefunden hatte, und ein abgerissenes Stück Leder, das einst das Halsband seines treuen vierbeinigen Begleiters gewesen war ...

Der Kleine Engel weinte heiße, bittere Tränen. Wie hatte er jemals annehmen können, dass sol-

che unnütze Dinge einem Gotteskind gefallen würden? In panischer Angst wandte er sich um, um wegzulaufen und sich zu verstecken vor dem göttlichen Zorn des himmlischen Vaters. Aber plötzlich stolperte er und fiel so unglücklich über eine Wolke, dass er bis vor den Thron des Allmächtigen kollerte. Lähmende Stille herrschte in der himmlischen Stadt, eine Stille, in der nur das herzzerreißende Schluchzen des Kleinen Engels zu hören war. Aber plötzlich erhob sich eine Stimme, die Stimme Gottes, und sie sprach: „Von allen Geschenken gefällt mir diese Schachtel am besten. Sie enthält Dinge von der Erde und von den Menschen, und mein Sohn ist zum König beider geboren. Ich nehme deshalb dieses Geschenk im Namen des Kindes Jesus an, das heute von Maria in Betlehem geboren wurde."
Es folgte eine atemlose Stille und dann begann die Schachtel des Kleinen Engels plötzlich in einem völlig unirdischen Licht zu leuchten. So hell und so strahlend wurde das Leuchten, dass es die Augen aller Engel blendete. Keiner von ihnen konnte daher sehen, wie dieses strahlende Etwas sich von seinem Platz vor dem Thron Gottes erhob – nur der Kleine Engel sah, wie es seinen Weg über das Firmament nahm und als klar leuchtendes Zeichen über einem Stall stehen blieb, in dem ein Kind geboren wurde.

16 Der riesengroße Schneemann

Anonym

Kurz vor Weihnachten entdeckten Hans und Liese im Schaufenster des Spielzeugladens von Fräulein Holzapfel am Karolinenplatz eine bildhübsche Puppe mit echten Haaren und Schlafaugen und ein wunderschönes Segelschiff. Sie waren so begeistert davon, dass sie sofort nach Hause rannten und einen neuen Wunschzettel für das Christkind schrieben, mit folgendem Text:
„Die Puppenküche und die Eisenbahn, die wir uns gewünscht haben, wollen wir nicht mehr haben. Wir möchten lieber die Puppe und das Segelschiff aus dem Schaufenster von Fräulein Holzapfel!"
Sie legten den Wunschzettel genau wie den ersten aufs Fenstersims und beschwerten ihn mit einem Stein, damit der Wind ihn nicht wegblasen konnte. Am nächsten Tag fiel ihnen dann etwas Schreckliches ein. Möglicherweise verkaufte

Fräulein Holzapfel die Puppe und das Segelschiff schon heute oder morgen an andere Leute, und wenn das Christkind zu ihr zum Einkaufen kam, waren nur noch andere Spielsachen zu haben?!
Zehn Minuten später standen sie heftig schnaufend vor Fräulein Holzapfel im Spielzeugladen.
„Wir möchten Sie fragen, ob Sie nicht die Puppe und das Segelschiff für das Christkind zurücklegen wollen!“, sagte Liese. „Wir haben die Sachen nämlich auf unseren Wunschzettel geschrieben!“
„Ach!“, seufzte Fräulein Holzapfel. „Ich fürchte, das Christkind kommt in diesem Jahr überhaupt nicht zu mir zum Einkaufen! Es kauft ja so gut wie niemand etwas bei mir. Alle Leute gehen in die großen Kaufhäuser in der Stadt!“ Für Hans und Liese war das eine böse Überraschung. Mit langen Gesichtern verließen sie den Laden.
„Man müsste halt dafür sorgen, dass das Christkind hierherkommt!“, meinte Hans schließlich.
Liese nickte. „Ja, aber wie?“ Ihr fiel nichts ein. Auch Hans fiel nichts ein. So gingen sie niedergeschlagen nach Hause.
In der folgenden Nacht träumte Liese dann von einem riesengroßen Schneemann; der spazierte durch die Stadt, und alle Leute drehten sich nach ihm um. Da wusste Liese nun am nächsten Morgen, wie man dafür sorgen konnte, dass das

Christkind zu Fräulein Holzapfel kam. Schon vormittags machte sie sich mit Hans daran, vor dem Spielzeugladen einen Schneemann zu bauen.

Als der schließlich fertig dastand, war Liese nicht zufrieden mit ihm. Sie sagte: „Er ist viel zu klein, als dass das Christkind Lust kriegen könnte, ihn anzugucken! Er muss noch viel größer werden!"

Liese lieh sich deshalb von Fräulein Holzapfel einen Stuhl, damit sie an dem Schneemann höher hinaufreichte.

Eine Viertelstunde später kamen dann zufällig drei Anstreicherlehrlinge mit einer Leiter vorbei. Als die hörten, um was es ging, halfen sie sofort tüchtig mit. Da war der Schneemann schon bald vier Meter hoch. Doch in Lieses Augen war er immer noch zu klein.

„Er muss noch größer werden!", sagte sie.

Mittlerweile hatten sich auch eine Schar Buben und einige Männer eingefunden und halfen mit, den großen Schneemann zu bauen. Einer von den Männern war mit dem Hauptmann der städtischen Feuerwehr befreundet; mit dem telefonierte er jetzt vom nächsten Telefonhäuschen aus.

Da kam wenig später mit lautem „Tatütata!" ein großes rotes Feuerwehrauto angesaust. Die Feuerwehrmänner fuhren die lange, lange Leiter aus

und halfen nun ebenfalls beim Bau des Schneemanns mit. Da stand zwei Stunden später vor dem Schaufenster von Fräulein Holzapfel ein wunderschöner Schneemann; er war fast zehn Meter hoch. Er trug als Hut eine umgestülpte Waschbütte auf dem Kopf, als Augen hatte er zwei Briketts und als Nase hatte er eine große Zuckerrübe im Gesicht. Einen so riesengroßen, herrlichen Schneemann hatte man bis dahin noch nie in der Stadt gesehen.
Im Nu war der Karolinenplatz schwarz vor lauter Menschen, die sich dieses Werk anguckten.
Und jeden Tag kamen andere Leute und sahen sich den Schneemann an. Und weil sie nun schon einmal da waren, gingen viele in den Spielzeugladen von Fräulein Holzapfel hinein und kauften Weihnachtsgeschenke.
Offensichtlich ließ sich auch das Christkind von dem riesengroßen Schneemann anlocken und kaufte bei Fräulein Holzapfel ein. Am Heiligen Abend war der Spielzeugladen jedenfalls restlos ausverkauft! Alle Regale waren leer!
Hans und Liese aber fanden an diesem Heiligen Abend unterm Weihnachtsbaum nicht nur die gewünschte Puppe und das Segelschiff, sondern auch die Puppenküche und die Eisenbahn, die sie auf den ersten Wunschzettel geschrieben hatten.

Da waren sie ganz fassungslos; sie dachten sich: „So brav, dass wir das verdient hätten, sind wir ja nun wirklich nicht gewesen!“ Dass ihnen nicht das Christkind, sondern Fräulein Holzapfel die Puppe und das Segelschiff geschenkt hatte, aus Dankbarkeit für ihre Hilfe, haben Hans und Liese nie erfahren. Bis heute nicht.

17 Die Weihnachtskrippe daheim

Christoph von Schmid

Der einzige damals noch lebende Bruder meiner Mutter namens Joseph Hartel, ein noch unverehelichter junger Mann, der schöne Blechwaren aller Art verfertigte, besuchte uns, besonders im Winter, alle Abende. Er war immer heiter und voll witziger Einfälle. Wir Kinder alle waren immer hocherfreut, wenn der Herr „Vetter Joseph" kam, wie wir ihn nannten. Uns Kindern und den Kindern seiner andern Schwester und auch einiger Nachbarn Freude zu machen, hatte er in einer Ecke seines Wohnzimmers zwischen den zwei Fenstern eine Weihnachtskrippe angebracht. Man sah einen großen Berg mit Felsen und Wäldchen und zerstreuten ländlichen Hütten. Ganz oben auf dem Berge befand sich die Stadt Betlehem. Wenn er uns bei Tage die Krippe zeigte, rauchten alle Kamine der Stadt, bei Nacht waren alle Fenster erleuchtet. Dies wurde durch ein

Glutpfännchen mit Weihrauch oder einer kleinen Lampe bewirkt, die er in das Innere der Stadt hineinstellte, die aus Blech gefertigt und zierlich mit Farben bemalt war. Unten im Tale befand sich auf einer Seite eine grüne Ebene mit vielen Schafen und Lämmchen und mit dem Hirten, der auf einer Schalmei spielte. Zur andern Seite war ein kleiner See von wirklichem Wasser, in dessen Mitte, so zart wie das feinste Silberfädchen, ein Springbrunnen emporsprudelte. Auf dem See befanden sich zwei Schwäne; wenn man ihnen ein kleines rotes Stäbchen, das bereitlag und an dessen Spitze etwas Brot befestigt war, vorhielt, so kamen sie herbei; zeigte man ihnen aber den breiten Teil des Stäbchens, so wichen sie zurück. Diese Wunder des uns unbekannten Magneten erfreuten uns Kinder sehr. Die größte Freude aber machte uns das göttliche Kind mit Maria und Josef; auch die anbetenden Hirten und die Heiligen Drei Könige, die mit aller königlichen Pracht erschienen. – Noch jetzt zur Stunde erinnere ich mich an alles sehr klar und deutlich. – In Hinsicht der Kunst mochte dieses alles wohl keinen Wert haben. In Bezug auf die Zeitverhältnisse war manches irrig und ganz verfehlt. Aus den Mauern Betlehems schauten zum Beispiel Kanonen hervor; der ehrwürdige Greis Simeon hatte eine Brille auf; die Heiligen Drei Könige waren mit dem doppelten Adler oder einem Ordenskreuz geschmückt. Allein all dieses irritierte uns Kinder nicht. Wir hatten dabei sehr andächtige Empfindungen, die wohl nicht ohne Gewinn waren für das ganze Leben.

18 Überraschungen

Doris Bewernitz

Sie öffnet ihre Wohnungstür und stutzt. Auf dem Abtreter steht eine kleine Tüte aus Zellophan, oben mit einer roten Schleife zusammengebunden. Hastig stellt sie ihre Einkaufstasche auf die Schwelle, bückt sich und hebt das Geschenk auf. Die Tüte knistert in ihren Händen. An der Schleife hängt ein gefaltetes Kärtchen, auf dessen Vorderseite ein roter Stiefel abgebildet ist. Sie klappt das Kärtchen auseinander. „Vom Nikolaus“ steht dort. Das ist alles. Die Handschrift kennt sie nicht. Etwas ungelenk, sieht nach Kinderschrift aus.

Ob Miriam das war?, denkt sie. Aber warum hat sie dann nicht geklingelt? Ich war doch die ganze Zeit da. Sie wollte mir wohl nicht begegnen ... Ihr Herz klopft. Es kann nur von Miriam sein. Aber würde das nicht bedeuten, dass ihre Tochter sich wieder mit ihr versöhnen will? Sie sieht die Tüte an. Plätzchen sind darin. Kleine Sterne und Herzen. Die Augen werden ihr heiß. Ihr ist ein bisschen schwindelig. Sie geht in die Küche, stellt die Tüte behutsam auf den Tisch, läuft erneut zur Schwelle, holt ihre Tasche, schließt die Wohnungstür und trägt die Tasche in die Küche. Dann setzt sie sich und nimmt die Tüte in beide Hände.

Ganz ruhig, sagt sie, reg dich nicht auf. Die Plätzchen sehen selbstgebacken aus. Sie bindet ihren Schal ab und legt ihn sich auf den Schoß. So ein alberner Streit im Grunde, denkt sie. Wegen so einer Kleinigkeit. Warum habe ich mich eigentlich derart hineingesteigert? Warum war ich so stolz, warum hab ich darauf bestanden, dass sie sich zuerst meldet? Nicht nur das, sondern dass sie sich auch noch entschuldigt! Ich bin doch schließlich älter, da sollte ich so etwas besser wegstecken können. Fünf Monate. Kein Wort. Keine Nachricht. Sie ist doch mein Kind. Was hab ich gelitten. Und nun so eine Geste.

Sie schämt sich. Auf solch eine Idee hätte sie selbst ja auch kommen können, einfach ein kleiner Gruß, eine Karte, eine Blume an die Tür ... Da hätte sie sich doch nichts vergeben! Aber nein, sie war stur gewesen, hatte sich zurückgezogen in ihrer Gekränktheit und den Graben nur noch tiefer gemacht. Ihre Tochter! Ihre Miriam. So großherzig. Sie schluckt. So ein feiner Mensch. Da kann man ja richtig stolz sein als Mutter. Auf

jeden Fall sollte man jetzt nicht länger ... Sie lächelt. Ihr ist warm geworden in der geheizten Küche. Sie knöpft den Mantel auf, holt tief Luft, greift zum Telefon und wählt entschlossen Miriams Nummer.
„Hallo, ich bin's ..." Doch plötzlich fehlen ihr die Worte. Sie kann nicht mehr klar denken, verhaspelt sich, stottert herum, schluckt wieder und ist erleichtert, als Miriam sie erlöst und zu reden beginnt.
„Mama, welch eine Überraschung! Das ist aber schön!"
„Wie geht es dir, Miriam? Bist du gesund?"
Sie hört ihrer Tochter zu, lauscht dieser Stimme, nach der sie sich so gesehnt hat. „Was machen die Katzen? Wie geht's in der WG? Und dein Studium?"
Sie lauscht und lauscht. Legt die Beine auf den Stuhl gegenüber, stopft sich ein Kissen in den Rücken, lächelt, lehnt sich zurück, wischt sich die Augen.
Zentnerlasten fallen ihr von den Schultern. Sie reden lange. Und ganz zum Schluss, nachdem sie sich für den kommenden Sonntag zum Kaffee verabredet haben, wird ihr klar, dass sie sich noch gar nicht für die Überraschung bedankt hat.

„Du, die Tüte! Danke! Ich hab mich wirklich gefreut!“
„Welche Tüte?“, fragt Miriam verwundert.
„Komm, jetzt tu nicht so. Die vom Nikolaus. Die mit den Plätzchen. Die du mir vor die Tür gestellt hast.“
„Entschuldige, Mama, aber ich hab dir nichts vor die Tür gestellt. Na, vielleicht hast du einen heimlichen Verehrer?“ Miriam lacht.
„Jedenfalls wünsch ich dir noch einen schönen Nikolaustag. Bis Sonntag dann, ja? Ich freu mich!“
„Ja, hm. Bis Sonntag.“
Eine Weile sitzt sie sehr still da. Dann nimmt sie langsam die Füße vom Stuhl und setzt sich auf. Sie betrachtet die Tüte mit den Plätzchen, nimmt sie noch einmal in die Hand, klappt noch einmal die Karte auf. Natürlich ist das nicht Miriams Schrift. Behutsam stellt sie die Tüte wieder auf den Tisch.
Sie steht auf und knöpft ihren Mantel zu. Dann legt sie sich den Schal um den Hals, nimmt die Einkaufstasche und verlässt die Wohnung. Und während sie die Treppe hinuntersteigt, sieht sie, dass vor jeder der acht Wohnungstüren solch ein Tütchen steht.

19

Weihnachten in der Tropenhitze

Joachim Ringelnatz

Das Heimweh, jenes Heimweh des Gebirgssohnes, der sich niemals ganz in die Fremde einfindet, ist ihnen oder wird ihnen fremd. Ja, es bildet sich bei ihnen mit der Zeit etwas beinahe Gegenteiliges heraus. Ein Fernweh. Sie müssen immer wieder weit weg und woanders sein und sind es gern. Ohne dass sie darüber die Liebe zur Heimat verlieren.

Wie froh schlägt den Deutschen das Herz, wenn sie nach langer Abwesenheit Elbe aufwärtsfahren und die Hamburger Michaeliskirche in Sicht kommt. Oder wie gespannt erwarten sie in Yokohama – und wie oft lesen sie – einen Brief aus der Heimat. Was bedeutet für den Memelsmann ein Weihnachtspaket von Muttern, das er in Tropenhitze öffnet!

Ich besinne mich auf ein Weihnachten, da ich in solcher Tropenhitze mit einem Dampfer auf der

Reede von Maranhao lag. Wir durften nicht an Land, weil die Pest dort herrschte. Wir hatten den Tag über und bis spät in die Heilige Nacht hinein schwer zu arbeiten, um einen bedenklichen Schaden auszubessern.
Hinterher öffneten wir das Weihnachtsgeschenk unserer Reederei: pro Mann eine Flasche Bier. Das Bier war durch die Hitze verdorben. Aber dann hatte einer von uns in eine Holzspiere zwei Löcher gebohrt und in die Löcher zwei Handfeger gesteckt, die Borsten nach unten, so dass das Ganze aussah, wenigstens für uns aussah, wie ein Weihnachtsbaum. Und wir sangen ein Weihnachtslied und hatten Hunger und insgeheim etwas Sehnsucht. Und hätte damals eine Fee einem von uns nur eine unbelegte und unbeschmierte Scheibe richtigen frischen Brotes geschenkt, der Empfänger wäre hochbeglückt gewesen. Und wir anderen mit ihm. Denn er hätte es unter uns fünfzehn (oder wie viel wir auch sein mochten) geteilt.

20 Geschenke sollen Freude machen

Ephraim Kishon

Damit Klarheit herrscht: Geld spielt bei uns keine Rolle, solange wir noch Kredit haben. Die Frage ist, was wir einander zu den vielen Festtagen des Jahres schenken sollen. Wir beginnen immer schon Monate vorher an Schlaflosigkeit zu leiden. Der Plunderkasten „Zur weiteren Verwendung“ kommt ja für uns selbst nicht in Betracht. Es ist ein fürchterliches Problem.

Vor drei Jahren, zum Beispiel, schenkte mir meine Frau eine komplette Fechtausrüstung und bekam von mir eine zauberhafte Stehlampe. Ich fechte nicht.

Vor zwei Jahren verfiel meine Frau auf eine Schreibtischgarnitur aus karrarischem Marmor – samt Briefbeschwerer, Brieföffner, Briefhalter und Briefmappe –, während ich sie mit einer zauberhaften Stehlampe überraschte. Ich schreibe keine Briefe.

Voriges Jahr erreichte die Krise ihren Höhepunkt, als ich meine Frau mit einer zauberhaften Stehlampe bedachte und sie mich mit einer persischen Wasserpfeife. Ich rauche nicht.
Dieses Jahr trieb uns die Suche nach passenden Geschenken beinahe in den Wahnsinn. Was sollten wir einander noch kaufen? Gute Freunde informierten mich, dass sie meine Frau in lebhaftem Gespräch mit einem Grundstücksmakler gesehen hätten.
Wir haben ein gemeinsames Bankkonto, für das meine Frau auch allein zeichnungsberechtigt ist.
Erbleichend nahm ich sie zur Seite:
„Liebling, das muss aufhören. Geschenke sollen Freude machen, aber keine Qual. Deshalb werden wir uns nie mehr den Kopf darüber zerbrechen, was wir einander schenken sollen. Ich sehe keinen Zusammenhang zwischen einem Feiertag und einem schottischen Kilt, den ich außerdem niemals tragen würde. Wir müssen vernünftig sein, wie es sich für Menschen unseres Intelligenzniveaus geziemt. Lass uns jetzt ein für alle Mal schwören, dass wir einander keine Geschenke mehr machen werden."
Meine Frau fiel mir um den Hals und nässte ihn mit Tränen der Dankbarkeit. Auch sie hatte an eine solche Lösung gedacht, hatte nur nicht ge-

wagt, sie vorzuschlagen. Jetzt war das Problem für alle Zeiten gelöst. Gott sei Dank.
Am nächsten Tag fiel mir ein, dass ich meiner Frau zum bevorstehenden Fest doch etwas kaufen müsste. Als Erstes dachte ich an eine zauberhafte Stehlampe, kam aber wieder davon ab, weil unsere Wohnung durch elf zauberhafte Stehlampen nun schon hinlänglich beleuchtet ist. Außer zauberhaften Stehlampen wüsste ich aber für meine Frau nichts Passendes, oder höchstens ein Brillantdiadem – das Einzige, was ihr noch fehlt. Einem Zeitungsinserat entnahm ich die derzeit gängigen Preise und ließ auch diesen Gedanken wieder fallen.
Zehn Tage vor dem festlichen Datum ertappte ich meine Frau, wie sie ein enormes Paket in unsere Wohnung schleppte. Ich zwang sie, es auf der Stelle zu öffnen. Es enthielt pulverisierte Milch. Ich öffnete jede Dose und untersuchte den Inhalt mit Hilfe eines Siebs auf Manschettenknöpfe, Krawattennadeln und ähnliche Fremdkörper, ich fand nichts. Trotzdem eilte ich am nächsten Morgen, von unguten Ahnungen erfüllt, zur Bank. Tatsächlich: Meine Frau hatte 260 Pfund von unserem Konto abgehoben, auf dem jetzt nur noch 80 Aguroth verblieben, die ich sofort abhob. Heißer Zorn überkam mich. Ganz wie du willst, fluchte ich in mich hinein.

Dann kaufe ich dir also den Astrachanpelz, der uns ruinieren wird. Dann beginne ich jetzt, Schulden zu machen, zu trinken und Kokain zu schnupfen. Ganz wie du willst.
Gerade als ich nach Hause kam, schlich meine Frau, abermals mit einem riesigen Paket, sich durch die Hintertüre ein. Ich stürzte auf sie zu, entwand ihr das Paket und riss es auf – natürlich: Herrenhemden. Eine Schere ergreifen und die Hemden zu Konfetti zerschneiden, war eins. „Da – da!", stieß ich keuchend hervor. „Ich werde dich lehren, feierliche Schwüre zu brechen!" Meine Frau, die soeben meine Hemden aus der Wäscherei geholt hatte, versuchte einzulenken. „Wir sind erwachsene Menschen mit hohem Intelligenzniveau", behauptete sie. „Wir müssen Vertrauen zueinander haben. Sonst ist es mit unserem Eheleben vorbei." Ich brachte die Rede auf die abgehobenen 260 Pfund. Mit denen hätte sie ihre Schulden beim Friseur bezahlt, sagte sie. Einigermaßen betreten brach ich das Gespräch ab. Wie schändlich von mir, meine kleine Frau, die beste Ehefrau von allen, so völlig grundlos zu verdächtigen. Das Leben kehrte wieder in seine normalen Bahnen zurück.
Im Schuhgeschäft sagte man mir, dass man die gewünschten Schlangenlederschuhe für meine Frau ohne Kenntnis der Fußmaße nicht anferti-

gen könne, und ich solle ein Paar alte Schuhe als Muster bringen. Als ich mich mit dem Musterpaar unterm Arm aus dem Haustor drückte, sprang meine Frau, die dort auf der Lauer lag, mich hinterrücks an. Eine erregte Szene folgte.

„Du charakterloses Monstrum!“, sagte meine Frau. „Zuerst wirfst du mir vor, dass ich mich nicht an unsere Abmachung halte, und dann brichst du sie selber! Wahrscheinlich würdest du mir auch noch Vorwürfe machen, weil ich dir nichts geschenkt habe ...“ So konnte es nicht weitergehen. Wir erneuerten unseren Eid. Im hellen Schein der elf zauberhaften Stehlampen schworen wir uns zu, bestimmt und endgültig keine Geschenke zu kaufen. Zum ersten Mal seit Monaten zog Ruhe in meine Seele ein.

Am nächsten Morgen folgte ich meiner Frau heimlich auf ihrem Weg nach Jaffa und war sehr erleichtert, als ich sie ein Spezialgeschäft für Damenstrümpfe betreten sah. Fröhlich pfeifend kehrte ich nach Hause zurück. Das Fest stand bevor, und es würde keine Überraschungen geben. Endlich!

Auf dem Heimweg machte ich einen kurzen Besuch bei einem mir befreundeten Antiquitätenhändler und kaufte eine kleine chinesische Vase aus der Ming-Periode. Das Schicksal wollte es anders. Warum müssen die Autobusfahrer auch immer so unvermittelt stoppen. Ich versuchte die Scherben zusammenzuleimen, aber das klappte nicht recht. Umso besser. Wenigstens kann mich meine Frau keines Vertragsbruches zeihen. Meine Frau empfing mich im Speisezimmer, festlich gekleidet und mit glückstrahlendem Gesicht. Auf dem großen Speisezimmertisch sah ich, geschmackvoll arrangiert, einen neuen elektrischen Rasierapparat, drei Kugelschreiber, ein Schreibmaschinenfutteral aus Ziegenleder, eine Schachtel Skiwachs, einen Kanarienvogel komplett mit Käfig, eine Brieftasche, eine zauberhafte Stehlampe, einen Radiergummi und ein Koffergrammofon (das sie bei dem alten Strumpfhändler in Jaffa unter der Hand gekauft hatte).

Ich stand wie gelähmt und brachte kein Wort heraus. Meine Frau starrte mich ungläubig an. Sie konnte es nicht fassen, dass ich mit leeren Händen gekommen war. Dann brach sie in konvulsivisches Schluchzen aus: „Also so einer bist du. So behandelst du mich. Einmal in der Zeit könntest du mir eine kleine Freude machen – aber das fällt dir ja gar nicht ein. Pfui, pfui, pfui. Geh mir aus den Augen. Ich will dich nie wieder sehen …“ Erst als sie geendet hatte, griff ich in die Tasche und zog die goldene Armbanduhr mit den Saphiren hervor. Kleiner, dummer Liebling.

21

Einsteigen in die göttliche Rettungskapsel

Arno Backhaus

Jeder möchte, dass Weihnachten perfekt wird. Klar. Dafür braucht es eigentlich auch nicht viel … ein bisschen Neuschnee, der die Landschaft in eine Märchenkulisse verwandelt (aber nicht zu viel, denn wer will schon glatte Straßen?), Kinder, die artig sind und sich über ihre Geschenke freuen, Verwandte, die lächeln und sich wenigstens an Weihnachten vertragen, und natürlich einen Braten, außen knusprig und innen saftig.

Schlecht wäre es natürlich auch nicht, wenn die Bluse, das lang gesuchte Geschenk für die Frau, ausnahmsweise mal die richtige Farbe (und Größe!) hätte. Und, wenn wir schon dabei sind: Wenn endlich ein Gesetz erlassen würde, das Grippe zur Weihnachtszeit verbietet …

Aber leider läuft es ja nicht immer so, irgendwas geht meistens schief: Das Wetter spielt nicht mit, die Schwiegermutter sagt etwas Unpassendes und zerstört die weihnachtliche Idylle, das Geschenk, das man sorgfältig ausgesucht hat, wird eher lustlos entgegengenommen, und im Hintergrund hört man die Kreditkarte stöhnen unter der weihnachtlichen Belastung.
Vielleicht amüsieren sich die Kinder angesichts der vielen Geschenke etwas, aber für die Erwachsenen bleibt vom Frieden dieses Festes in der Regel nicht viel übrig. Nicht ohne Grund fallen Millionen von Menschen in ein Weihnachtsloch. Dann flüchten sie in den Weihnachtsurlaub nach Bali oder Teneriffa (ob sie dort ankommen, ist angesichts der ganzen Streiks an den Flughäfen noch mal eine andere Frage ...) und manche fallen sogar in ein existenzielles Weihnachtsloch. Die Selbstmordrate ist in dieser Zeit so hoch wie nie.
Auch die erste Weihnacht vor 2000 Jahren verlief wenig idyllisch. Nirgends Glocken. Kein Fest mit Glühweinstimmung. Kein Tannenbaum. Keine Räuchermännchen. Keine bunten Geschenke. Stattdessen eine Frau, die im neunten Monat schwanger ist und plötzlich vom Finanzamt aufgefordert wird, an ihrem weit entfernten Geburtsort zu erscheinen. Über alle Berge, weit

weg vom Hausarzt, ihrer Mutter, dem trauten Heim, nur um dort mit ihrem Verlobten in einer langen Schlange zu stehen, einige bürokratische Formulare auszufüllen und Steuern zu bezahlen. Und als ob das nicht genug wäre, geht auch noch alles schief unterwegs. Als Maria und Josef in der fremden Stadt ankommen, sind alle Hotels ausgebucht. „Belegt!“, leuchtete ihnen ein Schild entgegen, und zwar von jedem Hotel, zu dem sie sich mühsam durchgefragt haben. Irgendwann findet der frustrierte Josef dann doch noch einen alten Schuppen in irgendeiner Gasse und kann froh sein, dass sie wenigstens ein Dach über dem Kopf haben. Frust pur, die kleine Familie am Ende der Belastbarkeit. Und dann (als ob das nicht genug wäre!), inmitten all des Elends, setzen die Wehen ein. Weit und breit kein Kreißsaal, keine Hebamme, keine Wanne für eine sanfte Unterwassergeburt – sondern nur ein Stall und ein Futtertrog.

Die Umstände, unter denen das erste Weihnachtsfest stattfand, machen schnell deutlich, dass Weihnachten ursprünglich wenig mit süßlichem Plätzchenduft zu tun hat – Braten, Deko und festliche Stimmung spielten damals keine Rolle. Im Gegenteil: Die Umstände, in die Gott kommt, waren durch und durch problembehaftet. Und genau hier liegt auch der Grund, warum

er in Gestalt seines Sohnes kommt: Jesus will Ordnung ins Chaos dieser Welt bringen. Er ist nicht gekommen, weil es auf Erden so schön heimelig wäre, sondern weil es viel zu retten gibt. Das Wort „Jesus“ stammt aus dem Griechischen und entspricht dem Namen Joshua, und das heißt übersetzt: „Gott ist Rettung“.
Erinnern Sie sich noch an das Unglück in Chile, im Juli des Jahres 2011, als eine Mine mit 33 Bergarbeitern einstürzte? Plötzlich saßen die Männer in fast 700 Metern Tiefe fest. Eingeschlossen in Dunkelheit, Angst und Verzweiflung. 69 Tage vergingen, bis sie wieder das Tageslicht sehen konnten. Die Bilder im Fernsehen von der Befreiung werde ich nie vergessen: Jedes Mal, wenn die Rettungskapsel „Fénix“ einen Bergmann an die Oberfläche brachte, schrien die Wartenden ihre Freude heraus. Besonders berührend waren die Begegnungen mit den wartenden Angehörigen. Wenn ein geretteter Kumpel seine Liebsten wieder in die Arme schließen konnte, flossen Tränen der Rührung, Tränen, die ein ganzes Land in einen Freudentaumel versetzten. Sirenen heulten, Autos hupten, und unbekannte Menschen fielen sich um den Hals.
Diese Rettungsaktion erinnert mich stark an das, was zu Weihnachten geschehen ist. Genau wie die Rettungskapsel „Fénix“ in die Mine ge-

schickt wurde, hat Gott auch uns eine Rettungskapsel geschickt: Jesus. Denn auch wir sind Verschüttete. Auch um uns ist Dunkelheit. Auch wir sind gefangen. Nicht in einer Mine, aber in Schuld: in Unversöhnlichkeit, in Süchte ... Jesus kommt auf die Welt, weil diese an ihren Lügen, an ihrer Ungerechtigkeit, an Hass, Neid, an Egoismus und Gier zugrunde geht.

Die Frage ist nur: Steigen wir auch ein in diese göttliche Rettungskapsel? Das ist ja nicht so einfach und offensichtlich wie für die Minenarbeiter. Die meisten Menschen glauben nicht mehr, dass sie gerettet werden müssten. Sie haben sich in der Dunkelheit so weit wie möglich eingerichtet und sind überzeugt, mehr gebe es nicht. Und wieder andere glauben, für sie wäre, so, wie sie sind, kein Raum in der göttlichen Kapsel: Sie müssten erst ordentlich vorbereitet sein, damit Gott zu ihnen kommen kann, sie müssten ihr Leben zuerst in Ordnung bringen. In einem Weihnachtslied heißt es:

„Und wenn du folgst und artig bist,
dann wird erfüllt dein Traum,
dann bringet dir der heil'ge Christ
den schönsten Weihnachtsbaum."

Aber das ist Unsinn. Gott schickte seinen Sohn nicht in die Welt, weil die Kinder artig waren, sondern weil wir Menschen das Verhältnis zu ihm zerbrochen haben und daran nun selbst zerbrechen. Das echte Christkind will nicht nur zu denen kommen, die schön artig sind, sondern gerade zu denen, die schön geizig, neidisch, eifersüchtig, streitsüchtig und egoistisch sind – also zu Ihnen und zu mir! Sich auf das Kommen des Messias vorzubereiten, bedeutet gerade nicht, alles selbst in Ordnung zu bringen und so lange an sich herumzuputzen, bis man eine weiße Weste vorweisen kann. Wer Selbsterlösung anstrebt, braucht kein Weihnachten. Wenn der Mensch sich selbst erlösen könnte, hätte sich Gott den ganzen Aufwand sparen können.
Unsere Sinnsuche, unsere Sehnsucht nach Liebe, Licht, Wärme, Geborgenheit und Halt wird nicht gestillt mit dem, was wir geschenkt bekommen. Weihnachten wird eben nicht unterm Baum entschieden, sondern dadurch, ob wir einsteigen in die göttliche Rettungskapsel.
Die hat übrigens (mehr als 30 Jahre später als erwachsener Mann) von sich gesagt: „Kommt alle her zu mir, die ihr euch abmüht und unter eurer Last leidet. Ich werde euch Frieden geben. Nehmt meine Herrschaft an und lebt darin. Lernt von mir. Ich komme nicht mit Gewalt und

Überheblichkeit. Bei mir findet ihr, was eurem Leben Sinn und Frieden gibt. Ich meine es gut mit euch und bürde euch keine unerträgliche Last auf." (Mt 11,28–30) Wer Anschluss an diesen Jesus bekommt, bekommt Anschluss an das wahre Leben, an das ewige Leben. Ein Leben mit Qualität. Der bekommt einen Vorgeschmack auf den Himmel. Das zu hören, zu wissen und darauf sein Leben auszurichten, gibt Hoffnung und Mut, Trost und Kraft. Und das nicht nur in der Adventszeit, zur Weihnachtszeit, sondern auch zur heißen Urlaubszeit und eigentlich überhaupt immer.

22

Ankunft in 24 Minuten

Andreas Malessa

„Ankunft in 24 Minuten." Sagt der Navi. Eigentlich ja *das* Navi. Neutrum. Ein satellitengesteuertes Ortungs-Programm mit Straßenkarten-Display und erotischer Frauenstimme.

„Wer's glaubt, wird selig", brummt Wolf-Rüdiger grimmig.

Er biegt auf die Bundesstraße ein und stellt den Scheibenwischer schneller. Schneeregen. Matschwetter. Zwei Baustellen stehen ihm noch bevor. Vermutlich auch Umleitungen wegen der Weihnachtsmärkte in den Dörfern auf dem Weg. Außerdem ist es Freitagspätnachmittag. „24 Minuten", pah! Soll man das glauben?

Sein Patenkind Frederike spielt um halb acht einen Engel. Im Gemeindehaus der übernächsten Stadt. Ausgerechnet heute ist es länger geworden im Büro. Erst streikte der Drucker, dann gab es Rückfragen, was will man machen.

„Noch 24 Tage bis Heiligabend, dann haben Sie Ihr Ziel erreicht."
Wolf-Rüdiger reibt sich mit Daumen und Zeigefinger die Augen. Hat der Navi, also das Navi, eben „Heiligabend" gesagt? Nie im Leben. Ich bin völlig überarbeitet, denkt Wolf-Rüdiger, ich bin überdreht und müde. Höre schon Stimmen, meine Güte.
Früher, als man noch Straßenkarten benutzte, hatte seine Frau Roswitha auf dem Beifahrersitz den Autoatlas immer rumgedreht. Weil Ziele, die eine Frau anstrebt, „oben" sein müssen. Also jetzt nicht moralisch, sondern mehr so hirnphysiologisch gemeint. Frauen wollen nach „oben". Auf jeden Fall. Auch auf der A5, wenn man Richtung Basel fährt.
Heute macht dieses Rumdrehen ein Display. Freiburg im äußersten Südwesten Deutschlands ist rechts oben, Und Berlin ist links unten. Wenn man nach Freiburg fährt. Jetzt mal von sich aus gesehen.
In dieser seiner streng subjektivistischen Weltsicht ist das Navigationsgerät eigentlich weiblich.
Müsste also *die* Navi heißen. Sagt aber keiner. Besitzt ein Mann wie Wolf-Rüdiger noch einen Rest Geografiekenntnisse – Geografie, liebe Kinder, das ist, wenn man weiß, dass Dänemark

oben und Österreich unten ist –, dann muss der Mann umdenken. Radikal umdenken.

Da! Die erste der befürchteten Baustellen-Ampeln.

So ein Navi ist wie der Pfarrer auf der Kanzel, denkt Wolf-Rüdiger:

Kriegt die Signale von ganz oben. Erwartet einfach, dass man seine Anweisungen befolgt. Behauptet Dinge, die der persönlichen Erfahrung widersprechen. Und manchmal der konkreten Realität. Und provoziert dauernd die Frage: Soll ich das glauben?!

„Ankunft Gottes als Mensch in der Welt in 24 Tagen.“ Hat er das jetzt nur gedacht oder tatsächlich akustisch gehört? Wolf-Rüdiger starrt verwirrt aufs Display, prüft dann im Innenspiegel seine nervös geröteten Augen und verpasst dadurch beinah die Grünphase. Hinter ihm hupt es.

Umdenken, geht es Wolf-Rüdiger durch den Kopf. Radikal umdenken.

Natürlich kommt Jesus nicht erst an Heiligabend auf die Welt und verschwindet an Himmelfahrt wieder ... nee-nee. Der Kalender des Kirchenjahres erinnert lediglich daran, dass jedes einzelne Menschenleben und die Welt als Ganzes auf ein Ziel zusteuern. Und dass niemand weiß, wie viel Zeit ihm noch bleibt.

„Wenn Sie nur noch 24 Tage zu leben hätten ...“ Wolf-Rüdiger zuckt zusammen. Können diese kleinen Tyrannen jetzt schon Gedanken lesen? Es gibt Navis mit Sprachsteuerung, ja, aber ... So fängt wahrscheinlich ein Burn-out-Syndrom an. Wenn ich nur noch 24 Tage zu leben hätte, würde ich nicht freitagabends in einem Feierabendstau stehen! Sondern, ja, was eigentlich?
Der kleinen Frederike weise Vorträge halten? Fotos sortieren, versöhnliche Briefe schreiben, alte Freunde aufsuchen und die Verwandten zu einem Abschiedsessen einladen?
Mein Testament machen, Bücher und Bargeld verschenken, Meditationskurse belegen, beten und singen?
Wolf-Rüdiger drückt auf den Schalter über dem Türgriff, lässt die Seitenscheibe ein Stück herunter und atmet die feuchte Winterluft ein.
Tief durchatmen, gaaanz tief durchatmen. Und logisch denken:
Ob Gott auf mich zukommt oder ich mich mit jedem Tag verbrauchter Lebenszeit auf ihn zubewege, ist nur eine Frage der Perspektive. So gesehen ist das ganze Leben ein einziger Advent. Die Zeitspanne nämlich, in der ich auf eine Begegnung mit Gott zusteuere. Aber diese Begegnung muss doch nicht erst stattfinden, wenn ich sterbe, oder?

Hat man weniger Angst vor dem Tod, wenn man Gott schon vorher ein paarmal begegnet ist? Wolf-Rüdiger schließt das Fenster wieder und wischt sich die Regentropfen von der linken Schulter.

„Neuberechnung. Neuberechnung."

Aha. Seine neunmalkluge Mutti im Armaturenbrett hat die Umleitung um den Weihnachtsmarkt im nächsten Ort gecheckt. Soll er ihr vertrauen, obwohl er die Nebenstrecke nicht kennt? Wie oft hat er schon regelrechte Machtkämpfe mit ihr ausgefochten! Ja, die Navi wies ihm den kürzesten Weg nach Hause. Aber dass es sechshundert Meter raufging und dort oben Nebel und Glatteis herrschten, wusste sie nicht. Ja, geradeaus ging die Goethestraße weiter. Aber als Fußgängerzone. Mit Treppenstufen vorne dran. Und die abknickende Vorfahrt hieß Gotenstraße. Wolf-Rüdiger ist nicht der Typ für „blinden" Gehorsam. Nicht im Auto und nicht in der Kirche. Einen Rest gesunde Skepsis hat er sich immer erhalten, Navis und Pfarrern gegenüber jedenfalls. Man muss schon mal aus dem Fenster schauen und selber denken. Oder mit der Beifahrerin reden. Säße jetzt Roswitha neben ihm, könnte er das. Mit dem Navi dagegen ist nicht zu reden. Auch mit Sprachsteuerung nicht. Der/die/das Navi fordert immer nur Gehorsam. Und

ist hinterher nicht mal Schuld, wenn die Umleitungsstrecke über unbefestigte Forstwege verlief.
Er hat schon Predigten gehört und Lieder gesungen, erinnert sich Wolf-Rüdiger, die stellten Gott genau so dar: Blinden Gehorsam fordernd, immer im Recht, nie zur Verantwortung zu ziehen. Je angestrengter und erschöpfter der dumme kleine Mensch mit den Widrigkeiten seiner Lebensumstände kämpft, umso triumphaler erhebt sich der Himmelsherrscher über ihn. Je winterlicher und dunkler die Verhältnisse seiner orientierungslosen Geschöpfe sind, desto majestätisch glänzender strahlt der Schöpfer. Wolf-Rüdiger fand das nie „herrlich". Sondern immer nur herrisch.
Also gut. Ich werde der Umleitungsempfehlung Folge leisten, denkt Wolf-Rüdiger. Was soll's. Eine ganze Stuhlreihe genervter Zuschauer wird aufstehen müssen, Frederike wird enttäuscht sein, ihre Eltern werden vorwurfsvoll dreinschauen und Roswitha, seine Frau, wird „typisch!" zischeln. Eine letzte Chance, rechtzeitig zum Krippenspiel zu kommen, gibt es nur, wenn der Pfarrer eine lange Einleitungsrede hält.
Wolf-Rüdiger schaltet runter, blinkt nach links, lässt den Gegenverkehr durch und biegt in die Nebenstrecke ein.

„Na?“ Erwartungsvoll schaut er aufs Display. Sein Navi schweigt.
„Was ist?! Ich tue, was du sagst, merkst du das eigentlich? Könntest mich ja ruhig mal ein bisschen loben!“ Mein Gott, jetzt rede ich schon mit einem Gerät ...
Die Umleitung ist eine überraschend breit ausgebaute Umgehungsstraße. Nagelneu. Es muss Jahre her sein, als er das letzte Mal diese Strecke fuhr. Wolf-Rüdiger gibt Gas, schnurgerade bergab, rast mit knapp 110 km/h am Ortsschild vorbei und wird prompt geblitzt. Egal.
„Ankunft am Ziel auf der linken Seite.“
Schau an, Frau Oberlehrerin hat die Sprache wiedergefunden.
Er stellt den Wagen vor dem Gemeindehaus auf einen gebührenpflichtigen Parkstreifen und legt den Kassenbon vom Getränkemarkt unter die Windschutzscheibe „Sie haben ihr Ziel erreicht“, sagt der/die/das Navi.
Wolf-Rüdiger schnallt sich ab und schaut auf die Uhr. „In exakt 24 Minuten“, nickt er. „Aber woher wusstest du, dass ich fahren würde wie eine gesengte Sau?“
Drinnen beginnt der Pfarrer gerade mit einer langen Einleitungsrede.
Frederike auf der Bühne, im Engelkostüm, strahlt ihren Patenonkel an. Wolf-Rüdiger kom-

men schier die Tränen. Ihre Eltern freuen sich, Roswitha begrüßt ihren Mann mit einer heftigen Umarmung und einem Kuss auf den Mund.
„Wie hast du das denn geschafft?!“
„Einfach mehr vertrauen. Mehr darauf vertrauen, dass Gott menschlich ist.
Darum geht’s doch im Advent, oder?“
Die beiden setzen sich.
Der ist ja völlig überarbeitet, denkt sie.

23

Ein Gleichnis

Eugen Roth

Ein Mensch beäugt im halben Traum
Die Lichter still am Weihnachtsbaum.
Und Wehmut schleicht sich ihm ins Herze,
Wie Kerze niederbrennt um Kerze.
Oft sind es grad die starken, stolzen,
Die unverhofft hinweggeschmolzen.
Zuletzt sind sechse oder sieben
Als arme Stümpflein übrig blieben.
Der Mensch, nicht aberglaubenfrei,
Sucht eins, dass es das seine sei.
Hoch oben flackert eins und lischt,
Tief unten raucht eins und verzischt.
Ein drittes blau nach Luft noch schnappt –
Schon ist sein Wachs davongeschwappt.
Doch seines, wie's auch knisternd keucht,
Erhebt sich neu zu Goldgeleucht.
Die Schatten werden riesengroß –
Das eine – seine – hält sich bloß.

Ein letztes Tasten noch des Lichts –
Dann kommt das ungeheure Nichts.
Der Mensch entreißt sich seinem Wahn –
Und knipst die Deckenlampe an …

24 Berufsbekleidungs-ordnung

Klaus Weyers

Die erste Berufsbekleidung des zweibeinigen Säugetiers namens Mensch ist von einfachem Zuschnitt und von zurückhaltender Eleganz. Sie besteht aus Windeln. Jedenfalls war das zu der Zeit so, als unsereins in den dreißiger Jahren den einzigen Beruf hatte, älter und weiser zu werden sowie Muttermilch zu verkonsumieren. Heutzutage hat sich die Berufsbekleidung des Babys geändert. Es trägt selbstbewusst und fortschrittsgläubig Pampers. Die sind sehr angenehm, weil nach Aussage aller Werbetexte das kleine Menschlein am unteren Ende seiner noch sehr jungen Existenz keine störende Feuchtigkeit empfindet. Die Kehrseite der Medaille ist allerdings für die Mitmenschen sehr unangenehm. Weil nämlich das Kleinkind keine störenden Entsorgungsprobleme an der Unterseite verspürt, hat es auch von sich aus keinen Anlass, auf Stubenreinheit zu trainieren. Die Pampers lassen das Problem nicht zum Tragen kommen, also muss es auch nicht gelöst werden. Wie man sieht, kann eine hochmoderne Berufsbekleidung durchaus ihre Schattenseiten haben. Über die Behandlung von Neugeborenen berichtet schon der Prophet Ezechiel, dass sie in Windeln gewickelt wurden. Allerdings fügt er noch eine Einzelheit hinzu, die mir aus meinem Leben nicht erinnerlich ist. Die eben ins Leben getretenen Menschenkinder wurden mit Salz abgerieben. Ezechiel berichtet von einem Baby, dem schlimmerweise diese Grundfürsorge nicht zuteilwurde: „Als du geboren wurdest, hat man deine Nabelschnur nicht abgeschnitten. Man hat dich nicht mit Wasser abgewaschen, nicht mit Salz abgerieben, nicht in Windeln gewickelt. Nichts von all dem hat man getan, kein Auge zeigte dir Mitleid." Wir bleiben bei den Windeln. Die gebraucht Gott in seinem Streitgespräch mit Ijob als wunderschönes Bild seines Schöpferwirkens. Das kann man im 38. Kapitel des Buches Ijob nachlesen: „Da antwortete der Herr dem Ijob aus dem Wettersturm und sprach: Wo warst du, als ich die Erde gegründet? Sag es denn, wenn du Bescheid weißt. Wer setzte ihre Maße? Du weißt es ja. Wer verschloss das Meer mit Toren, als schäumend es dem Mutterschoß entquoll, als

Wolken ich zum Kleid ihm machte, ihm zur Windel dunklen Dunst?“ Das ist Poesie der Bibel. Wer bei brausendem Wetter am Meer gestanden hat, weiß um die Wolken als Kleid des Meeres und um die dunklen Nebelschwaden als Windeln des Meeres. Aber keiner von uns hätte es so schön sagen können. Das Buch der Weisheit erzählt von den Windeln. Es sagt: „Auch ich bin ein sterblicher Mensch wie alle anderen. Geboren, atmete auch ich die gemeinsame Luft, und Weinen war mein erster Laut wie bei allen. In Windeln und Sorgen wurde ich aufgezogen; kein König trat anders ins Dasein.“ Eine kluge Feststellung der Bibel. Sie beruhigt sehr. Goethe wurde in Windeln gewickelt, nicht anders als Papst Pius XII. und Heinrich Zille. Die Königin von Eschnapur kam nicht um die Notwendigkeit herum, als Baby gewindelt zu werden und Napoleon auch nicht. Herbert von Karajan trug Windeln, bevor er der große Dirigent werden konnte. Mose ist als Kleinstkind ungewickelt nicht denkbar. Mit großer Selbstverständlichkeit schreibt der Evangelist Lukas von Maria, der Gottesmutter: „Als sie dort waren, kam für Maria die Zeit ihrer Niederkunft, und sie gebar einen Sohn, den Erstgeborenen. Sie wickelte ihn in Windeln und legte ihn in eine Krippe.“ Der König des Himmels und der Erde, der Erlöser der Menschheit, der Sohn des ewigen Vaters trägt als erstes Kleid nicht Purpur oder Paradeuniform, nicht Frack oder Krönungsmantel. Er trägt Windeln, wie wir alle. Ein Weltenretter in Windeln ist ohne Zweifel eine recht merkwürdige Vorstellung. Wir haben eben einen ungewöhnlichen Gott.

Quellenverzeichnis

2. Werner Schneyder: Lob der Influenza © Achim Schneyder.
3. Luise Holthausen: Stromausfall, erschienen in „Das Krippenferkel", Gütersloher Verlagshaus 2005, ISBN: 978-3-5790-6706-3 © 2005 by Luise Holthausen.
6. Inken Weiand: 6. Dezember aus: Dies., Die Rothmann-Kinder: Ich will ein Licht für andere sein. Vorlesegeschichten für jeden Adventstag © 2015 mediaKern GmbH, 46485 Wesel; S. 31 ff.
7. Rudolf Otto Wiemer: Der kleine Engel aus Goldpapier, aus: Ders., Es müssen nicht Männer mit Flügeln sein, Quell Verlag, Stuttgart 1995 © Rudolf Otto Wiemer Erben, Hildesheim.
8. Elke Bräunling: Als die Lebkuchen lachten, aus: Elkes Kindergeschichten © Elke Bräunling & Verlag Stephen Janetzko.
9. Evelyn Sanders: Weihnachten in Sicht, aus: Dies., Advent fängt im September an. Geschichten vom Herbst bis zum Winter © 2007 Knaur Verlag. Ein Unternehmen der Droemerschen Verlagsanstalt. Th. Knaur Nachf. GmbH & Co. KG, München.
10. Ruth Schmidt-Mumm: Wie man zum Engel wird, aus: Richter, Ursula (Hg.) und Stubel, Wolf-Dieter (Hg.), Die schönsten Weihnachtsgeschichten am Kamin aus 20 Jahren © 2005 by Rowohlt Verlag GmbH, Hamburg.
15. Charles Tazewell: Das Weihnachtsgeschenk des kleinen Engels, aus: Franken, Weihnachten der Kinder © Bonifatius GmbH Druck-Buch-Verlag, Paderborn.

Wir danken allen Rechteinhabern für die freundliche Abdruckerlaubnis. Der Verlag hat sich bemüht, alle Rechteinhaber in Erfahrung zu bringen. Für zusätzliche Hinweise sind wir dankbar.

Inhalt